딸의 기억

류주연

채륜서

이제 좀 살 만해졌는데, 엄마가 암에 걸렸다

앉은뱅이 식탁을 흔드는 진동과 함께 휴대폰 액정에 뜬 '아빠'라는 글자는 무척이나 낯설었다. 가족들로부터 떨어져 나와 혼자 지낸 것이 햇수로 십이 년 차에 접어들고 있었다. 내 나이가 서른이 채 되지 않은 것에 비하면 오랜 시간이었다. 비교적 집과 가까웠던 고등학교 기숙사 생활을 제외한다 해도 구 년에 가까웠다. 대학교 근처의 원룸부터 시작해서 내 몸 하나 뉘면 가방 둘 자리도 부족했던 고시원, 그보다는 상황이 조금 나아서 여성 전용 욕실이 있었던 고시텔까지. 얼핏 떠오르는 것만 세어도 다섯 손가락은 넘게 꼽히는 주거지를 전전하는 동안 아빠로부터 전화가 온 건 그 다섯 손가락보다 더 적었다.

수화기 너머 들려오는 아빠의 목소리는 정말이지, 낯 설 었다. 그래서 나쁜 예감이 들었다. 웬만한 일로는 전화할 사람이 아닌데. 먹고 있던 점심 식사의 입맛이 대번에 떨어졌다. 여보세요? 어, 아빠. 하는 순간 이어지는 아빠의 말들. 시골에서 농사만 짓고 살아왔던 무뚝뚝한 경상도 남자. 그런 아빠를 아는 내겐 너무나 어색한 한 톤 높은 목소리, 어쩐지 허둥대고 앞뒤가 맞지 않아 한 번 곱씹어야 이해할 수 있었던 말들. 아빠는 할 말을 미리 준비한 듯했으나 마음대로 되지 않는 듯했다. 엄마가 가슴 쪽이 아파서 병원에 갔다, 갔는데 큰 병원에 가보라 해서 서울대병원에 갔었다, 그래서 이제 항암을 해야 한다, 그래도 요즘에는 기술이 좋아서 치료하면 낫는다더라, 는 말들이 내가 온전한 뜻을 헤아리기도 전에 쏟아졌다. 가만히 내버려 두면 혼자 마무리 짓고 끊어버릴 것 같은 아빠를 강제로 멈출 수밖에 없었다.

"아빠, 그래서… 엄마가 암이라고?"

"어어, 얼마 전에 아빠 아는 사람한테도 물어봤는데, 요새는 암이라는기…."

"몇 긴데?"

"요즘 암은 기수가 중요한 게 아이고…."

주절거리는 아빠의 말들이 차츰 멀어졌다. 드라마, 영화에서나 나오는 줄 알았던 음향 효과였다. 상황이 완전히 인식되지 않았음에도 숨이 막혀왔다. 나는 바득바득 이를 갈며 생각했다.

'이제 겨우 살 만하게 됐는데, 엄마가 암에 걸렸다.'

황망한 마음과 기가 막힌 마음, 대상 없는 분노가 목구멍까지 차올랐다. 생각 좀 정리하고 언니에게 전화해 설명을 듣겠다며 전화를 끊었다. 알고 보니 나를 제외한 가족들, 엄마와 아빠, 그리고 고향에서 함께 사는 언니는 이미 어느 정도 상황을 받아들인 상태였다. 상황이 정리된 후 나에게 알린 것은 항상 제 혼자 커서 미안했던 막내딸에 대한 배려였다. 언니도, 나도 통화를 하며 울지 않았다. 담담하게 지금까지의 상황, 앞으로 일정에 관해 이야기를 나누었다. 어떻게 발견하게 됐는지, 왜 유두가 함몰되고 몽우리가 만져진 지 육 개월이 지나서야 병원에 갔는지, 4기라는 진단은 어떤 근거로 내려졌는지 등의 말들을 주고받았다. 원래도 서로에게 각자의 부정적인 감정을 드러내는 것을 미안해하는 자매였다. 다만 전화를 끊은 후 뒤늦게 언니가 '사실 혼자 많이 울었어.'라며 메시지를 보냈을 땐 가슴이 무너져 내렸다.

"이제 딸내미들이랑 맘 편하게 지낼 일만 남았는데, 내는 오래 살끼다."

엄마는 삶에 대한 의지가 충만했다. 이제 맘 편하게 지낼 일만 남았는데, 정말로 그런 줄 알았는데 왜 안일하게 병을 키웠냐, 건강검진 받으러 가자고 했을 때 고집 그만 부리고 같이 갔더라면 이런 일 없지 않았냐, 하는 원망이 자꾸만 들었다. 하지만 그런 말들을 절대 입 밖에 낼 순 없었다. 원망보다 큰 연민, 그것이 내 가슴 깊숙한 곳에서부터 머리털 하나하나까지 나를 가장 아프게 하는 형태로 덮쳐왔기 때문이다. 내 기억 속의 엄마는 처음부터 끝까지 불쌍했다. 이상하리만치 유년의 기억이 별로 없는 나의 최초의 기억에서부터, 지금 이 순간까지 전부. 그 기억들 속에서 나는 불효막심한 나쁜 년, 혹은 자기만 아는 이기적인 년, 때로는 엄마보다 더 비참한 불쌍한 년이기도 했다. 다만 스스로가 어떤 역할로 등장하든 결말은 하나의 감상으로 귀결됐다. 불쌍한 우리 엄마. 그 기억들에 대한 후회는 엄마의 암 선고 앞에서 무엇보다 나를 괴롭혔다. 왜 나는 한결같이 착한 딸이지 못했을까, 더 잘나서 지긋한 가난으로부터 엄마를 일찍 해방시켜줄 순 없었을까, 하는 부질없는 생각들. 그 생각의 고리를 끊기 위해 글을 쓰기로 했다. 내 기억 속의 불쌍한 엄마, 그리고 좋은 딸이 되기엔 부족하기 짝이 없는 나를 용기 내어 직면하기 위해. 나는 과거를 꺼내며 미리 울어볼 테니 엄마는 눈물 없이 지금을 견뎌내길 간절히 바라면서.

차례

01

괜찮다는
　　　음절의 사이

제발 한 번만 다시 되돌리고 싶은 순간들,

결코 되돌릴 수 없다는 것에 대한 반복되는

두려움들, 잠 못 드는 밤들,

나의 세상은 그런 것들과 직면할 때

겨우 앞으로 나아갔다.

그 삼십 분, 아마도 나는 엄마를 죽였다

엄마의 암 선고를 전해 들은 그날 이후 온전히 잠들 수 있었던 날은 고향에 내려가 가족들과 같은 공간에 있었던 하룻밤이 다였다. 그 이외의 밤들은 엄마와 관련된 과거의 기억이 의지와 상관없이 재생되는 형벌 같은 각성의 시간이었다. 그 기억들은 진부한 표현으로 '어제의 일인 양' 생생하게 되살아났다. 멋대로 재생되는 장면들을 차라리 왜곡 없이 떠올려보겠노라, 체념에 가까운 다짐을 하고 그때의 공기, 대화, 감정들을 직면하고 나면 얼핏 잠에 들려고 하다가도 '쿵' 하는 심장 소리에 소스라치게 놀라 깨곤 했다. 심장이 목구멍까지 튀어 올랐다 떨어지는 느낌, '쿵' 하는 소리가 머리를 울리고 온몸의 세포가 발톱을 세우는 그 느낌은 처음 느껴보는 것은 아니었다. 그래서 알 수 있었다. 나는 지금 공포에 사로잡혀 있구나.

나는 대학생이 되자마자부터 아르바이트를 시작했다. 대학교에 입학했을 때 엄마 아빠가 쥐여주었던 돈 오만 원은 전공 서적을 구입하자 흔적도 없이 사라졌기 때문이다. 가장 먼저 시작한 아르바이트는 편의점 카운터를 보는 일이었다. 당시 억울한 일인 줄도 몰랐던, 최저에도 못 미치는 삼천백 원의 시급을 받고 한 달 동안 매일 저녁 시간에 일해서 받은 첫 월급은 삼십만 원 남짓이었다. 삼십만 원이라는 돈은 내가 생전 만져본 적이 없는 돈이었다. 이렇게 큰돈을 내 손으로 직접 벌었다니, 스스로가 기특하고 뿌듯하기가 이루 말할 수 없을 정도였다.

"엄마, 내 첫 월급 탔다."

"아이고, 고생했네. 맛있는 거 사무라."

나는 엄마 말대로 맛있는 것도 사 먹고, 대학교 앞 지하철역 근처에 즐비한 옷가게에서 옷도 사고, 진짜 대학생들이 바르고 다닐 법한 화장품도 샀다. 과 동기, 선배들이랑 다 같이 야구장에도 가고, 미뤄뒀던 친목을 다지기도 했다. 그렇게 대학 생활을 한껏 즐기다보니 첫 월급은 금세 다 떨어졌다. 한 달 동안 일해서 번 돈이었지만 쓰는 기간은 한 달을 채우지 못했다. 그렇게 힘들게 벌었어도 돈 쓰는 건 금방이구나, 생각하고 있던 하필 그 타이밍에 전화가 왔다. 내 인생을 송두리째 바꿔버린 그 전화가.

"주연아, 지난번에 탄 월급 아직 쪼껜 남아 있나?"

"아~니. 엄마, 돈 쓸 일이 얼마나 많은지, 벌써 다 써버렸다."

"그 많은 돈을 다 썼나?"

"많기는, 삼십만 원밖에 안됐는데. 근데 왜?"

"… 아니, 쪼껜이라도 남아 있으모 엄마한테 좀… 빌려 달라꼬…."

순간 할 말을 잃은 나와 엄마 사이에는 몇 초간의 정적이 흘렀다. 그 정적 끝에 나는 당황하며 짜증을 냈던 것 같다. 전공 서적만 해도 한 권에 이만 원은 훌쩍 넘어가고, 커피 한 잔에 사천 원, 밥 한 끼에 육천 원, 옷 한 벌은 제일 싼 걸 사도 만오천 원을 넘어가는데, 내가 어째서 그 돈을 다 쓸 수밖에 없었는지에 대한 이유를 늘어놓으며 엄마를 타박했다. 엄마, 그 돈이 어떻게 지금까지 남아 있겠노. 대체 엄마가 왜 내게 돈을 달라고 하는 것인지에 대한 당혹감과 휴대폰 너머로 느껴지는 엄마의 절망감을 애써 외면하고자 구구절절 늘어놓은 변명들이었다. 서둘러 전화를 끊는 엄마에게 나는 끝까지 그런 말들만 나열했던 것 같다. 왜 그 돈이 지금까지 남아 있을 수 없는지, 세상 물정 모르는 엄마를 납득시킬 만한 이유들을. 그리고 그 순간부터 어떤 사실 하나가 두 번 다신 잊을 수 없도록 뼛속 깊이 새겨졌다. 우리 집은 딱 이 정도로 가난하구나. 엄마가 '쪼껜'이라도 남은 돈을 달라는 말을 하기 위해 딸내미에게 전화를 걸었을 만큼, 딱 그만큼 가난하구나.

그 뒤로 나는 아르바이트를 하나둘씩 더 늘리고, 대학생이 혼자 생활하기엔 충분한 돈을 벌고 있음에도 돈에 집착하기 시작했다. 시골에서 우리 집이 '가난하다'는 인식을 채 하지 못하고 지냈던 그 전과는 전혀 다른 일상들이었다. 엄마가 휴대폰 너머 젖은 목소리로 본인이 더 꺼내기 싫을 말들을 꺼내고, 난 이번에는 잔고가 남아 있을 때 그 전화가 걸려 왔음에 안도하며 돈을 보내길 수십 번이었다. 난 지쳐가고 있었고 엄마로부터 걸려온 전화를 받을 땐 손이 덜덜 떨리는 지경에 이르렀다. 십중팔구 젖어 있을 엄마의 목소리, 다음에 갚아주겠다는 똑같은 말들, 완벽하게 숨겨질 리 없는 신경질을 겨우겨우 억누르며 금액을 묻는 나. 모든 게 나를 벼랑 끝에 내몰고 있다고 생각했을 때, 나는 결국 폭발하고 말았다.

"엄마. 대체 언제까지 이렇게 할 건데? 이번에는 안 보내줄끼다. 엄마 알아서 해라."

마치 역할이 바뀌어 엄마를 꾸중하기라도 하는 것마냥 모든 탓을 엄마에게 돌리는 말투였던 것 같다. 그렇게 휙 전화를 끊은 후, 한참을 가만히 앉아 있었다. 일 분, 오 분, 십 분, 삼십 분, 이대로면 영원히 끝나지 않을 것이 확실한, 스스로가 서서히 죄인이 되어가는 절망적인 시간이 지나고, 죄책감의 무게를 견디지 못한 나는 결국 눈을 질끈 감곤 엄마에게 전화를 걸었다.

"엄마, 지금 어딘데?"

"어? 엄마 고마… 은행 앞에 가만 있다."

"거기 왜 그러고 있는데? … 내가 돈 보내줄게."

그렇게 내가 보냈던 돈이 얼마였는지는 기억이 나지 않는다. 다만 아무렇지 않게 다시 전화를 받던 엄마의 목소리에 괜히 또 화가 나서 돈을 보내고도 덧붙여 메시지를 보낸 기억은 생생하다.

> 다른 자식들은 엄마 아빠 도움받아서 하고 싶은 거 하고 사는데, 나는 이게 뭔데? 엄마 아빠가 내 꿈 다 뺏어가고 있다.

메시지를 보낸 한참 뒤에야 답장이 왔다.

> 엄마가 미안타.

그 무기력한 여섯 글자는 자모 하나하나 분해 되어 마음에 와 박혔다. 홧김에 모진 말을 뱉은 뒤 나는 무척이나 괴로웠다. 그때 의 엄마는 은행 앞에 멍하니 서서 어떤 생각을 했을까. 이자 납입 기간의 마지막 날, 덩그러니 차도 쪽을 바라보며 무엇을 떠올렸을 까. 눈물을 흘렸을까, 아님 눈물조차 나지 않았을까. 모진 말을 뱉 어대는 딸이 야속했을까, 아님 딸에게 그런 말을 듣는 자신이 비참했을까. 언제까지 이럴 거냐는 말에 언제까지 이래야만 하는지 되묻고 싶었던 건 엄마가 아니었을까. 그때가 처음이었다. 가슴이 '쿵' 하며 잠들지 못하는 밤의 까닭이 두려움이라는 것을 알게 된 때가. 엄마가 멍하니 차도를 바라봤을 삼십 분 동안 엄마에게 씻을 수 없는 상처를 주었다는 것에 대한 두려움, 어쩌면 엄마가 그 순간 극단적인 생각을 한 것은 아닐까 하는 공포는 며칠 동안이나 내게 잠 못 드는 형벌을 주었다. 지금 내가, 그 모든 것들을 다시 떠올리며 잠 못 드는 것처럼.

나에게만 있는 것은 아닐 것이다. 제발 한 번만 다시 되돌아가고 싶은 순간들. 하지만 결코 되돌릴 수 없다는 것에 대한 반복되는 두려움들. 잠 못 드는 밤들. 앞으로 얼마나 더 많은 두려움을 직면해야 하는 걸까. 나는 그 모든 것들을 받아들이고 강해질 수 있을까. 내가 부족했고 나빴음을 인정하면 하나씩 지울 수 있을까. 그렇다면 오늘 밤에도 나를 기다리고 있을 장면을 맞이해야 될 것이다. 앞으로도 한동안 잠들지 못 할 테지만, 하루라도 빨리 과거보다 지금의 엄마를 똑바로 바라보기 위해서.

수풀을 헤치고 생의 이유를 따왔소

고향의 시골집은 대나무 숲을 등지고 있고 멀리에는 바다가 보인다. 꼭 지금과 같은 여름밤, 눈을 감고 그 밤을 떠올리면 대나무가 바람에 흔들리는 소리, 선풍기가 탈탈 돌아가는 소리, 이따금씩 귀뚜라미가 울어대는 소리가 재생된다. 그리고 그 소리들 사이로 불규칙적으로 들려오는 뿌드득거리는 소리. 아빠가 이를 갈아대는 소리였다. 그땐 그게 무슨 소리인지 관심조차 없었고 소리라는 것이 그렇듯 익숙해지니 별다른 의식이 되지 않았다. 하지만 내가 나이를 먹고, 그것이 이 가는 소리라는 것을 알게 되고, 아빠의 치아가 하나씩 빠져 갈 때야 기가 막힌 마음이 들었다. 무엇이 그리도 분해서 저렇게 이를 갈아대는 걸까.

아빠는 참 똑똑한 사람이었다. 언니와 나는 다른 아이들처럼 학원에 가는 대신 지난해 벽걸이 달력을 뒤집어 걸어놓고 매직을 죽죽 그어가며 설명하는 아빠표 수업을 들었다. 학원에 보내주진 못해도 교육열이 대단했던 아빠는 이제 막 초등학교 삼 학년 정도가 된 언니에게 '유리수'와 '무리수' 개념을 가르쳤다. 벤다이어그램을 그려가며 열성을 다해, 이따금씩 침을 튀겨가며 설명하곤 했다. 갓 초등학교에 입학했던 나는 사탕을 까먹으며 한 귀퉁이 찢어준 달력에 낙서를 하고 있었던 것 같다. 숫자가 어떻고 저떻다는 얘기를 한 귀로 듣고 한 귀로 흘리면서. 거듭되는 농사 실패에 하루 반 갑에서 한 갑으로, 한 갑에서 두 갑으로 담배 개수를 늘려대던 아빠가 그 순간만큼은 자신감 넘치는 사내로 변하곤 했다. 그래서 언니도, 나도 그 시간이 싫진 않았다. 우리의 교과서 표지를 수업하다 남은 빈 달력으로 감싸고 또박또박 '수학', '국어' 등의 과목명을 적어 넣었던 아빠의 손끝은 아직도 기억에 선명하다.

"이번에는 버섯이 잘 되모, 느그들끼리 오데 여행이라도 갔다 오고."

버섯 종류를 바꿔 새로운 버섯에 도전할 때마다 희망에 부풀었던 아빠는 늘 맞은편의 세 여자에게 말했다. 이번에는, 이번에는, 이번에는 정말로…. 그러나 그렇게나 똑똑한 아빠가 밤새 서적을 읽고 새벽같이 일어나 버섯을 돌보아도 밑천 없이 시작한 농사는 늘 똑같은 한계에 부딪혔다. 실패에 부딪힐 때마다 아빠는 눈에 띄게 시들어갔다. 화를 자주 내기 시작했고 엄마에게 신경질을 부리는 일도 늘어갔다. 한밤중 말없이 버섯 농장에 갔다가 해가 밝을 때쯤에야 돌아오는 날도 있었다. 그땐 아무것도 몰랐던 언니와 나는 무섭게 변해가는 아빠에게서 도망치기 위해 애쓰기만 했다. 자꾸만 윽박지르는 아빠의 높은 언성에 엄마도, 우리 자매도 움츠러든 채 집 안 모서리마다 각자의 자리를 찾았다. 부녀간의 수학 수업이 끝이 나고 아빠의 이갈이가 시작됐던 것도, 아빠가 혼자 있는 모습이 익숙해진 것도 바로 그때쯤부터였다.

내가 대학생이 되고 아빠의 치아가 거의 남지 않게 되었을 때쯤, 대학 생활을 하다 가끔 고향집에 내려온 딸을 아빠는 똑바로 바라보지 않았다. 그저 버스에서 내린 나를 트럭에 태우고 아무런 말 없이 시골집에 내려다주는 것으로 왔냐는 인사를 대신하고, 이제 돌아가겠다 하면 저 언덕 밑에서 보지 않는 척 버스가 올 때까지 멀뚱히 바라보고 있는 게 다였다. 딸의 대학 생활을 궁금해하지도, 물어보지도 않았다.

> 느그 아빠가 무화과 따줬다.

어느 날 엄마가 보내온 메시지에는 아무런 부연 설명 없이 딱 저렇게 한 줄, 사실관계만이 적혀 있었다. 나는 진심으로 놀라서 답장했다.

> 진짜? 어디 달려 있던 긴데?

> 우물 옆에 수풀 안. 엄마가 먹고 싶다카니까 따쳤다.

엄마는 나에게 소녀처럼 자랑을 했다. 그저 밋밋한 메시지 한 줄이었지만 액정을 뚫고 나오는 들뜬 마음. 덩달아 흐뭇해진 나는 고향집에 내려가 있던 언니에게 메시지를 보냈다.

> 아빠가 웬일로 무화과를 따쳤대?

> 몰라, 진짜로 엄마가 먹고 싶다고 하니까
> 고생해서 따오데.

엄마는 무화과를 받아들고 한참이나 웃었다고 했다. 아빠는 단지 "그리 좋나." 한마디를 하고, "무화과 옆에 벌이 날아다니는데 따왔다." 덧붙이고 다시 농장에 갔다고 했다. 이야기를 들은 나는 그날 아르바이트를 하러 가서 가벼운 걸음으로 그릇을 나를 수 있었다. 그 무화과, 나뿐만 아니라 엄마와 언니, 그리고 분명 누구보다 아빠에게 한동안 삶의 이유가 되었을 무화과. 엄마는 한참이나 보기만 하다가 더 놔두면 썩어버릴 것 같은 때가 되어서야 그 무화과를 먹었다고 했다.

　이젠 아빠의 치아가 거의 남지 않게 되고 딸내미들끼리 몰래 틀니의 가격을 알아보게 되었을 때, 아빠는 내 기억으론 생전 처음 가족끼리 외식을 제안했다. 내가 엄마의 유방암 소식을 듣고 난 뒤 고향집에 내려갔던 날이었다.

　"철뚝에 새우구이 집이 잘 돼있다든데 거서 밥이나 한 끼 하고…."

　그 제안이 반갑지 않을 리 없는 세 명의 여자는 잽싸게 새우구이 집을 찾고, 어떤 메뉴를 시키면 좋을지까지 미리 결정했다. 식당으로 향할 때, 또 웬일로 아빠는 차에 블루투스를 연결해보라 했다.

　"내 휴대폰으로도 된다든데."

　받아든 아빠의 휴대폰에 음악 스트리밍 어플이 깔려 있을 리는 만무했고, 음악 다운로드가 되어 있는 것도 아니었다. 유튜브로 틀면 된다, 무슨 노래 듣고 싶은데? 하며 유튜브에 들어가 검색창을 누르는 순간, '유방암 4기', '구충제' 등의 검색기록이 아래로 펼쳐졌다. 나는 순간적으로 이걸 못 본 체를 해야겠다는 생각이 앞섰다. 아빠의 비밀스러운 부분을 멋대로 본 것 같은 기분이었다. 동시에 아빠가 유튜브를 어떻게 쓸 줄 알아서 이런 걸 검색했는지도 미스터리였다.

"아빠, 그냥 내 휴대폰으로 연결할게."

그날 우리 가족은 새우구이 대자를 시켜서 한 마리도 남기지 않고 맛있게 먹었다. 특히 아빠가 잘 먹지 않아 좋아하는 해산물을 먹을 기회가 별로 없었던 엄마는, 언니와 내가 건네는 마지막 한 마리까지 사양하지 않고 다 먹었다. 분명 각자 몫의 어색함을 지니고 있는 가족 외식이었지만 누구도 티 내지 않았다. 처음부터 종종 외식을 다니곤 하는 가족인 것처럼 자연스럽게 웃기 위해 노력했다. 고향집에서 부산으로 돌아오는 버스 안에서도, 내 머릿속에는 그때의 무화과와 지금의 새우구이 앞에서 해맑게 웃던 엄마의 얼굴이 떠나지 않았다. 삶은 이렇게도 버텨지는구나. 무화과로 인해, 새우구이로 인해, 우리는 한동안 삶을 포기하지 않겠구나, 생각하면서.

이번엔 홍시가 없는데 어떡하나

엄마의 검사 결과를 듣기 위해 가족이 모두 서울대학교병원에
모였다. 접수번호가 화면에 뜨기까지의 시간 동안 토할 것 같은
긴장감을 느꼈지만 간신히 아무렇지 않은 척할 수 있었다. 정신이
사납도록 주위를 두리번거리던 아빠는 번호 하나가 바뀔 때마다
우리 접수번호를 다시 물어댔고, 엄마는 유치원생들이 단체로 식
중독에 걸렸다는 뉴스에 시선을 고정하며, 하이고, 우짜노, 저 어
린 것들이, 하는 등의 말을 중얼거렸다. 나는 그저 맞장구를 치며
자꾸만 아득해지는 마음을 외면하려 안간힘을 썼다. 이윽고 엄마
의 이름이 불렸다.

"사람이 많아 가지고, 다 들어가도 괜찮습니꺼?"

처음엔 너희끼리 들어가라, 사람이 너무 많다, 하던 아빠도 결
국엔 간호사의 끄덕거림을 확인하곤 진료실 안으로 들어와 섰다.
엄마와 언니, 아빠와 나. 가족 네 명이 다 함께 의사의 입만 바라
봤다. 먼 걸음이 허무해지더라도 비난하지 않을 준비가 되어 있
으니, 암이 아니네요, 하는 말을 해주길 바랐다. 하지만 담담한 그

입에선 이미 알고 있던 것보다 잔인한 현실들이 흘러나왔다. 한마디씩 말이 떨어질 때마다, 내 귀엔 배경음악처럼 "아….."하는 아빠의 탄식이 들려왔다. 그 소리를 들으며 내가 지금 저 맞은편에 서 있지 않다는 사실에 안도했다. 엄마, 아빠, 언니, 어쩌면 나 자신을 포함하여, 그 순간의 표정들을 보지 않아도 되는 것이 어찌나 다행인지. 혹시나 했던 실낱같은 희망이 사라지는 현장에선 보기 좋은 표정을 찾을 순 없을 것이기 때문이다.

분명 우리에겐 얼마간의 침묵이 필요했겠으나 서울에서 고성까지의 길은 한숨을 돌려도 될 만큼 만만한 여정이 아니었다. 초행길인 탓에 아빠는 내비게이션과 연신 대화를 해댔고, 언니는 옆에서 길을 알려주며 덩달아 대화에 끼어들었다. 뒷좌석에 앉은 엄마와 나는 말이 없었다. 정확히 말하자면 나는 할 말을 열심히 찾고 있었지만 차마 입 밖에 꺼내지 못했다. 해야만 하는 말들, 하고 싶은 말들이 머릿속에서 정리가 되질 않았다. 흘끗 곁눈질을 하면 엄마는 내가 잘 알고 있는 표정을 짓고 있었다. 입을 약간 내밀고, 갈색의 안경테보다 더 흐린 눈빛을 하고, 허공을 바라보고 있으나 내가 "엄마." 하고 부른다면 눈썹을 들어 올리며 짐짓 아무렇지 않은 목소리로 "은냐."라고 말할 그 표정이었다. 나는 끝내 가족이 다 같이 휴게소에 들러 국밥을 먹고 고성에 도착할 때까지 하고 싶었던 말을 하지 못했다. 지금 내가 "엄마." 하고 부르면 엄마는 또 아무렇지 않은 척해야만 하니까. 그건 지금의 엄마에겐 너무 가혹할 것 같았다.

대학생이었을 때의 나는 분기마다 한 번 집에 방문했다. 그다지 긴 시간 머무르진 않았으므로 '방문'이라는 단어를 쓰기에 무리가 없다. 자영업자들은 연휴에 일할 수 있는 아르바이트생을 더 선호했기 때문에 명절처럼 긴 시간을 집에서 보내는 건 꿈도 꾸지 못했다. 그런 내 방문조차 너무 뜸하다 싶으면 엄마는 메시지를 보내곤 했다.

> 홍시 얼려 놨다, 두 개.

우리 집 마당엔 앵두나무 하나와 감나무 하나가 있었다. 앵두나무는 내가 어렸을 때 일찌감치 수명을 다했지만 감나무는 아직까지 잘 익은 열매 몇 개를 가지에 매달곤 했다. 그 감이 흐물흐물해질 때까지 놔뒀다가 톡 따서 얼려 먹는 홍시는 내가 가장 좋아하는 간식이었다. 엄마는 바로 그 홍시로 나를 꼬드겼던 것이다. 메시지를 받은 뒤엔 그러고 보니 집에 간 지 오래되었네, 하는 생각이 들었고, 주섬주섬 짐을 꾸려 집으로 내려갔다. 엄마는 도착한 딸을 보면 "홍시 물래?" 하는 말부터 하곤 했다.

엄마가 냉동고에 얼려 놓은 홍시는 두 개든 세 개든 전부 내

몫이었다. 방구석에서 휴대폰을 만지며 무심하게 홍시를 먹는 나를 엄마는 문지방 너머에서 가만 바라보고 있곤 했다. 그럴 때 엄마의 눈빛은 갈색의 안경테보다 더 흐릿했다. 엄마는 아마 홍시밖에 줄 수 없음에 안타까워했을지도 모른다. 혹은 그게 뭐라고 그렇게 맛있게 먹나, 싶어서 애가 쓰였을지도 모른다. 그때도 나는 차마 엄마에게 말을 붙이지 못했다. 아마 세상에서 가장 무뚝뚝한 막내딸이지 않을까. 대신에 나는 눈앞의 홍시를 최대한 맛있게 먹으려고 노력했다. 마치 세상에서 제일 맛있다는 듯이, 엄마가 얼려 놨다가 주지 않으면 홍시를 먹을 기회가 세상 어디에도 없다는 듯이. 그리고 또 생각했다. 내가 다른 것 아닌 홍시를 좋아해서, 우리 집 마당 앞 감나무에서 톡 하고 딸 수 있는 홍시를 좋아해서 정말로 다행이라고.

이제 집에 가면 더 이상 홍시는 없지만, 홍시를 먹는 딸을 앞에 두지 않고도 흐릿한 눈을 하고 있는 엄마가 있다. 살갑게 말을 붙이거나 엄마와 깊은 대화를 나누는 방법을 잊은 지 너무 오래된 딸은 이번엔 어떻게 행동해야 엄마의 마음을 조금이라도 위로할 수 있을까 고민한다. 그동안엔 홍시를 맛있게 먹으면 됐었는데, 이번엔 홍시가 없는데, 얼려 둔 홍시가 없는데 어떡하나.

괜찮다는 음절의 사이

　엄마의 항암 치료가 시작된 뒤 내 기분은 필연적으로 엄마의 상태에 따라 좌우되었다. 가까이서 함께하지 못하는 것에 대한 죄책감이 항상 전제되었고 체한 것처럼 마음이 늘 불편했다. 전제된 죄책감은 일상에 큰 방해가 되진 않았으나 아무렇지 않게 지내다가도 문득문득 고장 나기라도 한 듯 멈칫하게 만들었다. 내가 이렇게 아무렇지 않아도 되나, 하는 전형적이지만 치명적인 자책이었다.

　남자친구를 만나 웃음을 터뜨리다가도, 내가 지금 이래도 되나. 가만 누워 휴식을 취하다가도, 내가 지금 이렇게 편해도 되나. 맛있는 걸 먹다가도, 이게 지금 이렇게 맛있어도 되나. 엄마가 오늘은 밥을 많이 먹었다는 소식이라도 들어야 아무렇지 않게 맛있는 식사를 할 수 있었다. 항암약의 부작용이라는 것이 아주 다양해서, 엄마는 하루는 속이 메스껍다 했고 하루는 근육통에 힘들어했고 또 다른 며칠은 하루 종일 설사만 해대기도 했다. 제발 잘 버텨주길, 그동안에는 운이 지지리도 없었던 엄마에게 천운이 내려서 부작용이 없는 듯 지나가주길 기도했다. 부작용이 점차 누그러들기 시작하는 항암 이 주 차가 되면 엄마도, 내 마음도 안정을 찾았다. 비록 이런 항암을 기약 없이 계속해야 한다는 생각이 좌절스럽기도 했지만 일단은 그랬다. 엄마가 괜찮다는 얘기를 들어야 나의 마음도 괜찮았다.

대학 시절, 주로 엄마로부터 연락을 받는 쪽이었던 내가 나답지 않게 엄마를 찾았던 일이 있었다. 그만큼 상황이 급했다. 아르바이트 월급날보다 기숙사비를 내야 하는 날이 앞서 있었던 것이다. 모자란 기숙사비를 메울 방법이 도저히 생각나지 않았다. 날짜를 미리 확인하지 않은 스스로가 미워질 지경으로 곤란한 상황이었다. 나는 정말 긴 시간을 고민한 끝에 엄마에게 전화를 걸었다.

"엄마, 내 기숙사비가 모자라다."

엄마도 당황스러웠으리라. 딸에게서 한 번도 듣지 못했던 호소였다. 나는 짐짓 아무렇지 않은 듯 침착하게 얘기했지만 초조한 마음이 완전히 숨겨질 리 없었다. 엄마는 엄마가 할 수 있는 유일한 대답을 했다.

"없는데, 그만큼이…."

우짜겠노, 하는 엄마의 중얼거림이 무의미하다고 느껴졌다. 맨날 우짜겠노, 우짜겠노. 진짜 어떻게 해야 할까 싶어서 마음이 타들어 가는 건 난데, 한 번도 어떻게 해준 적은 없으면서. 항상 말만. 신경 쓰지 마라, 하고 전화를 끊었지만 엄마가 잔뜩 신경 쓰여 했으면 좋겠다고 생각했다. 많이 걱정하고, 나만큼 초조하길 바랐다. 왜 나는 이런 상황에 기댈 곳이 하나도 없나, 부모가 없는 것도 아닌데, 하는 아주 나쁜 생각까지. 나는 고작 스물한 살이었다.

결국 나는 친구에게 손을 벌렸다. 나의 치부가 드러난다고 생각했고 처음 해보는 아쉬운 말에 입이 떨어지질 않았지만 하는 수 없었다. 나만큼 아르바이트를 열심히 하며 돈을 모으고 있던 친구에게 사정을 말하고, 모자란 기숙사비의 딱 절반만 빌려달라고 했다. 월급이 들어오면 바로 갚겠노라고. 나머지 절반은 또 다른 친구에게 부탁할 생각이었다. 하지만 친구는 고맙게도 뭐하러 이런 얘길 남한테 두 번이나 하냐며 모자란 금액만큼을 전부 빌려주었다. 그렇게 나는 급한 불을 끌 수 있었고, 친구에게는 월급을 받자마자 이자까지 붙여 돈을 갚았다.

괜찮나?

엄마의 메시지에 나는 대답을 하지 않았다. 친구에게 사정을 말해가며 돈을 빌려야 하는 심정이 어떤지 직접적으로 말하긴 싫지만 엄마가 알아줬으면 좋겠다고 생각했다. 내가 얼마나 비참한지, 울고 싶은지, 기댈 곳이 하나도 없는 것 같다는 생각에 얼마나 외롭고 두려운지. 엄마가 부모로서의 무능을 스스로 깨닫고 나에게 미안해하길 바랐다. 스물한 살. 나는 내 나이가 어리다는 이유로 그렇게 행동해도 괜찮다고 굳게 믿었지만, 지금의 나는 그때의 나를 용서할 수가 없다.

'괜찮냐'는 엄마의 메시지에 정말 단순한 궁금증만이 담겨 있는 것은 아니라는 사실을 눈치챘어야 했다. 해주지 못하는 마음은 받지 못하는 마음보다 훨씬 더 미어질 수도 있음을, '괜찮다'는 대답을 듣지 못한 엄마가 내가 상상할 수 없을 만큼 가슴 아파할 수도 있음을 알았어야 했다. 지금의 내가 엄마의 괜찮음에 하루에도 몇 번씩 천국과 지옥을 오가는 것처럼, 아무것도 해주지 못해 괴로워하는 것처럼, 그때의 엄마에게 나의 괜찮음이 간절했음을 알았어야 했는데. 알 리가 없었던 나는 그렇게 또 하나의 죄를 지었고, 깨달음은 항상 너무 늦게 찾아온다.

괜찮다는 음절의 사이에는 나의 안부보다 너의 안위에 대한 바람이 들어 있음을 이제는 안다. 나는 이제부터 무슨 일이 있어도 엄마에게만은 괜찮을 예정이다. 엄마가 언제, 어느 순간에든 내게 물어봐 줬으면 좋겠다. 그다지 큰 무게를 담지 않고라도 좋으니, 지나가는 말로라도 '괜찮냐'고. 이제 일 초도 망설이지 않고 정말로 나는 '괜찮다'고 대답할 것이다. 그러니 엄마는 아무 생각 말고, 몸이나 신경 쓰라고.

별것 아닌 향수鄕愁

나의 최초의 기억은 언제일까. 내게 있어 노력하지 않아도 떠오르는 장면 중 최대한의 옛날은 초등학교 저학년쯤이다. 그때부터 내 모습을 이질감 없이 장면의 가운데에 놓고 떠올려 볼 수 있다. 유아기의 장면들도 조각조각 남아 있긴 하지만 온전하진 않다. 짓궂은 남자아이의 장난에 커다랗고 솜이 가득 찬 무언가(요즘 같으면 빈백 소파라고 부를 만한)에 깔려 죽을 뻔한 유치원 때의 기억이라든가, 아빠가 읍내에서 빌려온 비디오테이프를 언니와 나란히 앉아 보고 있던 기억 같은 몇 개의 장면이 남아 있을 뿐이다.

떠올리고 새삼스럽게 놀랐던 것은 어린 시절, 우리 집엔 티브이가 두 대나 있었다는 사실이다. 안방에 한 대가 있었고 언니와 같이 지낸 작은 방에 한 대가 더 있었다. 우리 집의 사정과 모순되는 사실이라 느껴질 수 있지만 역시나 두 대 모두 상태가 좋지 않았다. 지금과 달리 기다란 뒤꽁무니를 달고 있어서 옆에서 봐도 네모났던 티브이는 자리를 잡고 볼만하면 지지직, 하는 신음을 토하기 일쑤였다. 특히 만화영화를 많이 틀어주던 칠 번 채널이 가장 말썽이었는데, 언니와 나는 주인공의 형체조차 알아볼 수 없을 만큼 깨지는 화면을 아빠 몰래 숨어서 보곤 했다. 그러다 들키기라도 하면 정말 눈물이 쏙 빠질 정도로 호되게 혼이 났다. 하지만 아빠도 거의 모든 부분에서 부모 말에 순종적이기만 하던 우리 자매가 깨진 화면을 숨어 보는 일만은 포기하지 않자, 나중엔 호통을 치려다 말고 뜻 모를 헛기침 소리만 내며 시선을 돌려 버렸다.

꼭 습하고 더운 여름날엔 채널이 몇 개 안 나오는 티브이를 틀어놓고 라디오처럼 소리만 흘려들으며 멍하니 천장을 바라보기도 했다. 천장에 딱히 재밌는 게 있을 리가 없지만 나는 그렇게 아무 생각 하지 않아도 되는 시간을 즐겼다. 이건 지금도 마찬가지다. 천장은 형광등이 꺼져 있을 때 바라보아야 제대로 볼 수 있다. 형광등이 켜져 있으면 그 강렬한 불빛에 시선을 뺏겨 새삼스러운 아무것도 발견할 수 없기 때문이다. 빛이 꺼져 있는 순간에 비로소 존재를 발견할 수 있었던 누런 천장. 죽은 형광등의 진물이 나오기라도 한 듯 이유를 알 수 없는 누런 얼룩이 가득했다. 얼룩의 이유에 대해 슬픈 마음을 가졌던 것 같기도 하고, 아닌 것 같기도 하다. 아마 마음 아팠던 것은 지금의 나일 것이고, 그때의 어린 나는 아무런 감흥이 없었을 테다. 늘 그 자리에 있었던 것에 대해선 아주 각별한 주의를 기울이지 않으면 감정을 얻어낼 수 없다.

그렇게 천장을 바라보고 있노라면 티브이 소리를 뚫고 매미 울음이 귀를 찔렀다. 말 그대로 찌른다는 말이 어색하지 않은 매미 소리. 일주일밖에 살지 못해 처절하게도 울어댄다는 흔한 감상을 알게 된 것은 아마 한참 더 자라고 난 다음일 것이다. 어쨌든 그런 소음을 나름의 자장가로 삼아 잠이 들기라도 하면 콧구멍 속으로 매캐한 향이 알싸하게 느껴지기도 했다. 여름용 방충망으로는 걸러지지 못했던 모기향 냄새였다. 어쩌면 자주 그 옆에서 쪼그려 앉아 있던 아빠의 담배 냄새였는지도. 그렇게 자고 일어난 낮잠은 에어컨 하나 없는 한여름의 수면답지 않게 찐득함이 없었다.

"우리 엄마랑 아빠는 내가 지금 해외에 나가 살아도 말 안 하면 모를걸."

부모의 구속이나 간섭 때문에 각자가 얼마나 괴로운 신세인지에 관해 이야기를 나눌 때면 늘 하던 말이었다. 특히 그런 주제는 막차 시간이 다 되어가는 늦은 술자리에서 나왔다. 나는 대학생이 된 뒤 한 번도 막차 시간을 걱정해 본 적이 없었다. 내가 술을 마시든, 늦게까지 친구들과 떠들고 놀든, 엄마 아빠는 알 길이 없었고, 관심도 없었기 때문이다. 성인이 된 딸이 술을 마실 줄은 아는지, 혹시나 도시에 나가 처음 맛보는 유흥들이 정신 못 차릴 만큼 달콤하진 않은지 한 번도 물은 적 없었다. 심지어 잦은 이사로 나의 주소가 몇 번이나 바뀔 때도, 학기가 시작하거나 시험을 치거나 방학이 시작되거나 할 때도, 등록금을 내거나 기숙사비를 내거나 생활비가 필요할 때도, 내 머릿속엔 그런 일들을 부모님께 알리거나 상의해야 한다는 매뉴얼이 없었다. 늘 일을 마치고 난 뒤 걱정 말라는 식의 통보 메시지를 보낼 뿐이었다. 엄마 아빠가 내게 별달리 묻지 않았던 것이 섭섭하다거나 슬프지도 않았다. 그들이 아무런 질문을 하지 않았던 것은 딸에 대한 믿음 때문은 아니었고 심지어 무관심 때문도 아니었다. 상의하거나 물어도 아무런 도움을 줄 수 없기 때문이다. 그 사실을 서로 상기하는 잔인하고 무의미한 과정을 반복할 바에야 차라리 궁금해하지 않는 쪽을 선택한 것임을, 누구도 변명하지 않았음에도 나는 알고 있었다.

언제부터 이토록 부모나 고향과 친하지 않았나 생각해보았다. 어렸을 땐 분명 조잘대는 막내딸이었던 것 같기도 하고, 가끔 천진한 말을 뱉어 엄마 아빠의 당황을 보길 즐겼던 앙큼한 아이였던 것 같기도 하고, 아빠 등허리에 올라타거나 엄마에게 매달려 칭얼대곤 했던 것 같기도 한데. 지금의 나는 그 모습을 떠올리는 것 자체가 어색할 정도로 무뚝뚝한 딸이 되어 버렸다. 엄마의 암 진단

소식을 전해 듣고 나서야 부랴부랴 '오늘의 할 일'에 '엄마에게 전화 걸기'를 넣어놓고 연습하는 딸. 그나마도 목소리를 가다듬고 할 말을 머릿속에 한참 정리한 뒤 전화를 건다. 이렇게 관계가 엉망이 된 것은 고향의 가난을 인식하고 나서부터였다. 그 시골에서 가난이라는 의미 자체를 몰랐던 때는 없었던 거리낌이 이젠 돌이킬 수 없을 만큼이나 두꺼워졌다. 그렇게 나는 유난히도 고향이나 가족에 대한 향수가 없는 사람인 줄 알고 살았다.

계절은 반복되고 익숙한 여름은 찾아왔다. 엄마에게 자주 전화하기 위해 의식하고, 연달아 쉬는 휴일엔 반드시 집에 가는 것을 숙제처럼 실시하게 된 여름날. 그 여름날의 어느 일상 속에 우연히도 매미 소리를 들었다. 퇴근길 갑자기 이어폰이라도 꽂은 듯 귓가를 찔렀던 매미 소리. 화들짝 놀랐다가, 매미 소리가 원래 이렇게 컸나, 참 오랜만에 듣네, 하는 생각을 했다.

어렸을 땐 매미껍데기가 아주 좋은 장난감이었다. 매미가 땅속에서 올라와 나무줄기 어딘가에 벗어놓고 가는 껍데기. 그것은 찾아내는 재미부터가 있었다. 마당엔 커다란 나무가 몇 그루나 있어서 매미들이 껍데기를 벗어놓고 간 것을 심심찮게 발견할 수 있었지만, 크고 모양이 훌륭한 것을 찾아내는 것은 운이 조금 필요했다. 맘에 드는 모양의 껍데기를 발견하기라도 하면 기쁨에 소리를 지르며 심혈을 기울여 떼어냈다. 힘 조절을 아주 잘해야 온전한 모양으로 떼어낼 수 있었다. 조금만 힘을 세게 주면 바스라질 만큼 연약했기 때문이다. 그리곤 색종이로 접어 만든 상자에 모아 애지중지 보관했다. 매미껍데기가 대여섯 개쯤 모이면 상자가 가득 찼다. 여름 내내 그런 상자를 두세 개는 만들 수 있었다.

그 매미껍데기가 징그러워져 만지기도 싫어졌던 때가 언제였나. 발견하기만 해도 몸에 소름이 돋아났던 때가 언제부터 였을까. 내가 집을 그리워하지 않는다고 느꼈던 그때와 같은 때인가. 매미 소리가 들리고, 매미껍데기가 떠오르고, 그때 엄마 아빠에게 갖고 가 자랑했던 종이 상자가 떠올랐다. 그리고 그 천장, 지지직거리는 티브이 소리, 매캐한 모기향, 자고 일어났을 때 맡았던 된장찌개 냄새가 내게 왔다. 그 모든 것들이 한꺼번에 돌진해왔다. 그런 순간에, 어찌 제정신일 수 있겠냐마는 어쩔 수 없이 허무해졌다. 이토록 별것 아닌 향수라니. 인생이란 참으로, 별것 없구나, 하고.

재생 버튼 속 만남

분명 그다지 친하지 않았던 체육 선생님께서 시디에 담아 멋쩍게 건네주셨던 것 같은데. 아무리 떠올려 봐도 행방이 묘연했다. 한참을 고민하다 고향집에 있을 학창 시절 책상 어딘가 먼지를 머금고 꽂혀 있으리라 결론지었다.

지금은 많은 순간을 사진으로 남긴다. 사진으로라도 남기지 않으면 없었던 듯 사라져버릴 것이 무서워지는 애틋한 순간들부터, 사진으로 찍어버리고 머릿속에선 지워버리고 싶은 사실들, 사소하게는 버릇처럼 찍어 남기는 플레이팅 된 음식들까지. 하지만 내가 중학생일 때는 사진을 찍는 일이 흔하지 않았다. 부모가 가질 수 있는, 찍지 않고는 못 견디겠는 벅찬 감정이나 어떤 의무감으로 무리를 해서 셔터를 누르기엔 너무 자랐으며, 지금처럼 늘 갖고 다니는 손바닥만 한 기계로 수천 장의 기록을 남길 수 있는 기적은 아직 도래하지 않은 애매한 시기였기 때문이다. 그런데 하필이면 그 시기가 그리워져 다시 한 번 눈으로 보고 싶어졌다. 남은 기록이 몇 없을 수밖에 없는, 딱 그 시간들. 그도 그럴 것이 내게 있어 그 시기는 삶에서 가장 큰 사건들 중 하나가 있었던 때이기 때문이다.

그래서 새삼스레 그 시디에 대해 떠올렸고, 그 속에 담겨 있었던 영상의 행방이 궁금해졌다. 그 사건 이후로 내 삶이 방향을 갖게 되었다고 해도 과언이 아닌데 이토록 오래 잊고 있었다니. 그런 생각이 들자 지금이라도 반드시 찾아서 다시 확인하고 소중히 간직해야만 할 것 같은 의무감이 생겨났다. 가장 먼저 스치듯 든 생각은 우리 가족이 남겨둔 기록이 없을까, 하는 것이었다. 하지만 그 생각은 금방 미련 없이 털어버렸다. 그럴 리가 없었다. 우리 엄마 아빠는 그런 걸 할 줄 아는 사람들이 아니었다. 그렇다면 두 번째로 쉽게 접근해볼 수 있는 방법이 인터넷이었다. 검색어를 여러 번 바꾸어 검색했다. 그다지 본격적으로 찾은 것도 아닌데, 신기하게도 금방 내가 원하던 영상을 찾을 수 있었다. 당시 다큐멘터리를 찍었던 피디의 것으로 보이는 블로그에 남아 있었던 것이다.

영상은 중학생이었던 나의 일상을 지역 MBC 〈희망 100%〉라는 프로그램에서 방송한 짧은 다큐멘터리였다. 제목은 '주연이의 꿈길'. 오랜만에 보는, 지금 봐도 쑥스러운 제목을 보니 반가운 마음이 들었다. 다행히 영상은 아직 재생되는 모양이었다. 얼른 이어폰을 찾아 끼고 재생 버튼을 눌렀다. 그 영상을 보는 동안에는 부끄러움부터 낯간지러움, 신기함과 울컥함 등 온갖 맥락 없는 감정이 몰아쳐서 이십 분이 채 안 되는 영상을 몇 번이나 멈춰가며 봐야 했다. 심호흡도 하고 저 땐 저랬었나, 하며 기억을 더듬기도 했다. 그러다 네 번째쯤 영상을 멈췄을 땐 마음이 밑으로 가라앉았는데, 화면 속에 엄마가 있었기 때문이다. 엄마는 검은 머리를 하나로 묶고 입을 반쯤 벌린 채 빠른 손놀림으로 버섯을 솎고 있었다. 너무나 익숙한 모습이다. 그런데 그 모습이 익숙하다는 것을 이 영상을 보고서야 인식했다는 사실을 깨닫자, 살짝 들떴던 마음들이 보란듯이 하강해갔다. 그리운 나의 과거를 확인하고 싶었던 것뿐이었는데 젊고 건강한 엄마를 발견하자 마음이 자꾸만 다른 데로 샜다. 검은 머리인 데다 날랜 손놀림의 엄마가 그때는 당연했었다.

다큐멘터리에서 말하는 나의 꿈이란 글을 쓰는 것이었고, 꿈길이란 우리 집에서 버스 정류장까지 올라가야 하는 오솔길을 말하는 것이었다. 내가 글을 쓰기 시작한 것은 정확히 말하면 초등학교 사 학년 때부터였으나, 글 쓰는 일을 떠올리기만 해도 작은 가슴이 터질 것처럼 부풀어 오른 것은 중학생 때부터였다. 좋아하는 일이 꿈이 되는 순간이었다. 중학생 때의 나는 운이 좋게도 지금도 안부를 여쭙고 지내는 은사님의 권유로 각종 글짓기 대회에 나가 곧잘 상을 타오곤 했다. 지금 생각해보면 글을 쓰는 일은 그 때가 지금보다 훨씬 쉬웠던 것 같다. 지금의 나는 그때보다 많은 것을 알고, 아는 만큼 눈치를 보고, 알 수 없는 압박감에 자판 위를 방황하는 일이 많다. 그러나 연필로 꾹꾹 눌러가며 빈 종이를 채웠던 어렸던 나는 글을 쓸 때 가장 자유롭고 행복했다. 카메라를 든 피디 앞에서 쑥스럽지만 당차게 뱉었던 그 말들은 모두 사실이었다. 글을 쓸 때 가장 자유롭다고. 글 속에서 나는 무엇이든 될 수 있었고 솔직할 수 있었다.

그렇게 받은 상들이 쌓이고, 마침내는 전국 글짓기 공모전에서 대상을 차지하게 되자 상상도 못 했던 일들이 벌어지기 시작했다. 지역신문에서 우리 학교로 취재를 오는 것을 시작으로, 흔히 그 앞 글자를 따서 이어 부르는 삼 대 신문사에서도 취재를 다녀갔고 인터넷에서도 내 이야기를 기사로 찾아볼 수 있었다. 카메라 앞에서 몇 번이나 인터뷰했는지 모른다. 그때 처음으로 빨간 녹화 불빛이 들어오고 방송국 로고가 박힌 카메라를 구경할 수 있었다. 덕분에 시골 학교가 내내 떠들썩했다. 신문사와 방송국은 나뿐만 아니라 내가 다녔던 학교에 초점을 맞추고 싶어 했다. 사실 전국 글짓기 공모전에서 대상을 탔다는 사실 자체만으로 그렇게 큰 관심을 받을 수는 없는 일이었다. 중요한 것은 내가 학교 뒤로 산을 끼고 있는 전교생 서른한 명의 분교에 다니는, 당시 떠들썩했던 사교육을 한 번도 받은 적 없는 시골 소녀라는 데 있었다. 폐교 위기에 처해 있던 우리 학교에는 경사스러운 일이었다. 특히 학교를 살리기 위해 아무런 조건 없이 스스로를 희생하고 계셨던 선생님들께서 기뻐하셨고, 나 때문에 덩달아 카메라 앞에 서야 했던 친구들도 귀찮아하긴 했지만 흥미로운 경험에 들떠 있었다.

점점 카메라에 익숙해지고는 있었지만 그래도 다큐멘터리를 찍는 것은 아주 부담스러운 일이었다. 출연 제의를 받아들이기까지 고민이 있었다. 하지만 지금 영상을 다시 봤을 때 확연히 알 수 있는 것과 같이 어렵지만 희망을 잃지 않고 사는 이웃들에게 도움의 손길을 나누는 프로그램이었고, 주위에서 모두 승낙하길 권유했다. 그렇게 시작된 촬영은 몇 주 동안 이어졌던 것으로 기억한다. 덕분에 카메라를 들고 있던 피디 아저씨와 꽤 긴 시간을 함께했다. 늘 야구 모자를 쓰고 약간은 피곤한 눈으로, 그러나 상냥하게 나에게 말을 붙였던 아저씨. 내가 말을 더듬거나 카메라를 의식해 부자연스러운 태도를 보이면 몇 번이고 다시 찍어야 했지만 한 번도 타박한 적이 없었다. 그 아저씨와 함께 지역 글짓기 대회에 나가서 글 쓰는 모습을 찍기도 하고, 학교에서 책을 읽는 모습, 꿈길이라 이름 붙인 오솔길을 친구와 걷는 모습 등을 카메라에 담았다.

찍는 동안 어떤 사고가 있기도 했고, 여러 가지 일들이 있었지만 지금 기억을 더듬어보면 그때 나의 주된 감정은 어리둥절함이었던 것 같다. 그저 벌어지고 있는 일들이 신기했고, 실감이 잘 나지 않았으며, 내가 잘하고 있는지 확신할 수 없었다. 우쭐하기보다 주눅 들어 있는 쪽에 가까웠다. 하지만 뭔가 해내고 있다는 사실과 주위의 응원들 덕분에 용기를 냈다. 아마 지금의 나더러 똑같은 일을 하라고 하면 더 겁을 먹고, 망설이고, 어찌할 바를 모르고 덜덜 떨지도 모른다. 무엇이 주눅 들었던 어린 나를 용감할 수 있도록 해주었을까. 시작과 과정과 결과를 이끈 그것은 모두 꿈이었던 것 같다. 이 모든 게 꿈을 이루어줄지도 모른다는 기대로 들뜬 스스로의 마음을 적어도 나는 눈치챌 수 있었다.

가만히 듣고 있으면 웃음이 새어 나올 만큼 진한 사투리로 글 쓰고 책 읽는 일이 행복하다고 말하는 어린 주연이 재생된다. 짐짓 진지한 눈빛이 보이고 나름대로 갖고 있었을 꿈에 대한 열정이 보인다. 자연이 좋은 글감이 된다며 오솔길을 걷고 꽃을 쓰다듬는다. 화면으로 보니 더 누추해서 조금 부끄러운 시골집도 배경이 됐다. 나만큼이나 어린 언니가 나오고, 어색할 정도로 젊은 엄마와 아빠가 등장한다. 버섯 농사를 짓고 있지만, 수입이 없어 주위 사람들에게 손을 벌리며 지내고 있다, 아이들 공부에는 지장이 없게 하고 싶다, 는 말들을 담담하게 뱉는 아빠. 자존심 센 아빠가 어떻게 저런 말을 다 했대, 하는 생각을 하는 와중에도 아빠의 치아에 눈길이 간다. 저 때는 그나마 치아가 성했구나. 무엇이 그리분한지 자면서 내내 치아를 갈아대는 바람에 지금은 거의 빠져버린 아빠의 입속이 의지와 상관없이 떠오른다. 한 번 쿵, 가라앉고이번엔 빠르게 버섯을 골라내고 있는 엄마의 모습을 다시 본다. 검은 머리를 하나로 묶고 있다. 우리 가족은 전부 머리숱이 많다. 아빠와 엄마, 언니와 나까지 숱이 많다는 말을 미용실 갈 때마다들곤 했다. 맞아, 엄마 머리숱은 원래 저렇게 많았지. 어느새 항암으로 머리카락이 다 빠져버린 엄마의 민머리가 익숙해진 것에 대해 생각한다. 저 땐 엄마의 저 모습이 당연했다. 민머리의 엄마를보게 될 줄이야, 상상도 하지 못했던 일이다. 익숙했던 것과 익숙해진 것에 대해 생각한다. 기억에서 잊혀졌던 순간들을 재생 버튼속에서 우연히 만났다는 것, 특히나 그 순간이 시간이 흐른 뒤에믿을 수 없을 만큼 소중해진 경우라면 이것은 얼마나 행복한 일인가에 대해 생각한다. 그것과는 별개로 마음은 자꾸 가라앉는다. 내가 꿈으로 반짝반짝 빛났던 저 순간, 방송을 볼 불특정 다수에게 자신의 무능력함을 고백한 아빠와 입을 반쯤 벌리고 버섯을 골라내고 있던 엄마를 몇 번이고 돌려봤다. 아빠, 그러게 왜 그렇게고집을 부렸어. 엄마, 나중에 암에 걸린단 말이야, 버섯만 보지 말고 건강 좀 챙겨. 방송이 나가고 난 뒤, 우리 가족은 이름 모를 누군가에게 컴퓨터 한 대를 선물 받았다. 아빠와 엄마의 고백이 받아낸 선물이었다. 이 방송을 두 번 다신 잊으면 안 되겠다고 생각한다.

혜정 씨

1955년쯤 태어난 것 같은 혜정 씨. 내 마음대로 그렇게 생각하기로 했다. 우리 반 교실로 쑥떡을 가져다주었을 때 혜정 씨는 벌써 오십하고도 여러 해를 살았었나 보다. 나는 그녀가 상자째이고 온 쑥떡이 마음에 들지 않았다. 지난번 모의고사에서 일 등을 한 친구의 엄마는 콩고물을 묻힌 설기떡을 보내주었다. 그 전 중간고사에서 일 등을 한 친구네는 팥이며 꿀이 든 송편을 보내왔다. 그러고 나니 아무것도 들어 있지 않고 아무것도 묻어 있지 않은 쑥떡이 너무 밋밋해 보였던 것이다. 입을 벌리며 웃고 있던 혜정 씨에게서 떡 상자를 받아들 땐 덩달아 기뻤는데, 친구들에게 떡을 돌릴수록 자꾸만 쑥떡을 든 손이 부끄러웠다. 발가벗은 채 쑥떡 하나 덜렁 들고 그들 앞을 순회하는 것 같은 기분이었다. 이 떡이 제일 쌌나? 합리적인 의심이 들었다. 그녀에게 떡을 맡겨버린 엄마가 자꾸 미웠다.

생각해보면 초등학생 때도 운동회에 엄마 대신 혜정 씨가 오는 일이 있었다. 읍내에 사는 그녀는 면에 있는 우리 학교까지 먹을거리를 잔뜩 싸 들고 왔다. 버스를 타고 왔는지 택시를 타고 왔는지 모르지만 한참 헤맸던 것이 분명하다. 치킨이 차갑게 식어 있었기 때문이다. 초등학교 운동회 같은 것이 낯설었을 그녀가 여기저기 두리번거리며 손에 쥐여주었던 누런 치킨은 따뜻하진 않았지만 맛있었다. 나는 성인이 되고 난 뒤 덜컥 그 맛이 그리워 여기저기 수소문하고 찾아보았지만 끝내 다시 맛볼 수 없었다. 그 치킨을 다시 한번 맛보기만 한다면 살다가 지게 된 돌덩이 몇 개쯤 내려놓을 수 있을 것만 같다. 그래, 사실 솔직히 말하면 간절한 것은 치킨이 아니다.

그녀의 집에 언니와 함께 하룻밤 자러 가기라도 하면 갈비찜을 맛볼 수 있었다. 티브이도 실컷 볼 수 있는 것은 덤이었다. 요리를 잘했던 혜정 씨는 자꾸만 먹을 것을 차려주었다. 갈비찜을 다 먹으면 생선을 굽고, 생선까지 발라 밥을 다 먹으면 직접 담은 식혜를 내오는 식이었다. 그 식혜. 식혜가 참 달고 맛있었다. 기쁨을 숨기지 않는 그녀의 말간 얼굴을 보는 일도 꽤나 달았다. 어린이가 느낄 수 있는 최대의 황홀을 담은 그 식탁을 혜정 씨는 그 후에도 여러 번 차려냈다.

내가 너무 자라 더 이상 그 집에 가지 않게 되었을 때쯤 혜정 씨는 처음으로 남자와 함께 살았다. 그 남자는 슬픈 눈을 하고 있는 소와 방정맞게 울어대는 흑염소 같은 것들을 동시에 키우는 이중적인 사람이었다. 그는 언니나 내가 대학에 들어가면 소를 팔아서라도 학비를 대주겠다고 했다. 과한 호의에 고마움을 느낀 적도 있었지만 어린 마음에도 그 말을 믿지 않았다. 그러다 마침내 대학에 들어간 뒤 나는 그를 개새끼, 라고 부르기 시작했다. 점점 외박하는 일이 잦아졌던 그가 어느 날 다른 여자를 데리고 와 내가 사랑해 마지않았던 황홀한 밥상을 내오게 했다는 것이다. 시간이 얼마나 흐르든 남자를 기다렸던 혜정 씨는 그 개새끼에게, 그 여자에게 한마디 묻지도 못하고 밥상을 차려냈다고 했다. 그리고 그들이 다 먹은 상을 묵묵히 치우기까지 했다고 했다. 엄마로부터 그 이야기를 전해 들었을 때부터 나는 가끔 이를 갈면서 개새끼, 하고 내가 가장 자주 뱉을 수 있는 욕으로 그 남자를 불렀다.

혼자가 된 혜정 씨가 나도 모르는 새 죽어버렸다는 사실을 알게 된 것은 통영 앞바다를 바라보고 있을 때였다. 정확히 말하자면 내가 들은 것은 '죽은 것 같다'는 소식이었다. 하지만 아마 그녀일 것이라고 했다. 불과 몇 달 전 마지막으로 했던 전화 통화가 떠올랐다. 몇 번이나 거절한 끝에 받은 모르는 번호였다. 나는 혜정 씨의 바뀐 연락처를 알지 못했는데, 그녀는 내 연락처를 알고 있었다. 네가 잘 커주어 고맙다던 그녀는 한참을 고맙다는 말만 하면서 울었다. 이제는 술을 끊고 병원에서 나와 산다고 했다. 나는 귀찮은 마음을 대충 감추고 말했다.

"술 진짜 안 먹나? 술 안 먹고 운동도 열심히 하고 있으면 내가 꼭 보러 갈게. 약속할 수 있제?"

약속을 지킨 사람은 아무도 없었다.

혜정 씨는 술을 계속 먹었고 운동도 하지 않아서 배에 술이 가득 차버렸다. 나는 그녀를 만나러 갈 마음도 품지 않아서 몇 개월이 지나도록 죽음을 눈치채지 못했다. 약속을 지키지 않은 건 그녀도, 나도 마찬가지였지만 그렇게 최선을 다해 자위해봐도 아무런 소용이 없었다. 나는 밋밋한 쑥떡과 식어 빠진 치킨과 황홀한 갈비찜만이 존재하는 세상 속에서 한동안 후회, 그 자체가 되어 떠다녔다. 이 자리에서 이렇게 고백한다. 내가 바쁘게 산다는 이유로 외면하다 잃어버린 수많은 것들 중 가장 큰 것은 그녀, 혜정 씨다.

막내딸이지만 애교가 없어서

애교가 없다는 것은 생각보다 자주 슬픈 일이 된다. 특히나 막내딸이라는 직무를 지닌 채 태어난 사람이라면 더욱 그렇다. 한가지 위안이 될 수도, 아닐 수도 있는 것은 그것을 슬픈 일로 규정한 사람이 다른 누군가가 아닌 나 자신이라는 사실이다. 내 주위의 사람들은 주로 나를 불쌍히 여기거나, 기특하게 생각하거나, 그렇지 않으면 관심이 없거나 하기 때문에 내가 애교가 있든 없든 크게 개의치 않는 것처럼 보인다. 하지만 나는 끙끙 앓을 정도로 애교 없는 스스로를 안타까워하곤 했다. 그땐 좀 더 크게 기쁨을 표현했어야 했는데, 혹은 그땐 사랑한다고 말했어야 하는데, 등. 감정을 표현하는 것에 서툴고 좀처럼 표정을 짓는 일이 없으며 과하게 예의를 차리곤 하는 스스로가 지독히도 마음에 안 드는 그런 슬픈 순간들이 있다.

내 생의 어느 시기이건 내가 세상에서 가장 소중한 인연이기라도 한 것처럼, 만날 때마다 밝게 웃으며 꼭 안아주는 친구들이 있었다. 분명 내가 그들에게 있어 그런 귀한 환대를 받을 만한 인물이 아닌데도 불구하고. 그 환대 속에서 어쩔 줄 몰라 하며 고작 어색하게 웃어주는 게 다였던 나는 그 몸과 마음의 표현에 정신을 못 차리면서도 부러움과 경이로움을 느끼곤 했다. 내 어딘가 고장 난 것이 분명하다는 생각까지 했다. 밝음과 에너지를 관장하는 신경계의 어딘가가 제 기능을 하지 않는 것이 분명하다고. 그런 생각을 하면서도 좀처럼 고칠 수가 없었다. 그래서 나는 언제나 환대를 받기만 하고 베풀 줄은 모르는 그런 사람이었다. 나를 보며 밝게 웃는 누군가에게 일그러진 웃음을 지어 보이는 것이 고작인, 그 표정이 얼마나 어색한지 알면서도 그렇다고 웃지 않을 배짱도 없는, 딱 그 정도로 슬픈 사람.

시간이 지나 나를 환대하는 사람을 조금이나마 객관적으로 바라볼 수 있게 되었을 때는 더 슬퍼질 수밖에 없었다. 그렇게 밝게 웃을 줄 알고 직접적인 표현 없이도 사랑을 표현할 줄 아는 사람들의 공통점을 발견한 것이다. 목각처럼 뻣뻣이 서 있던 나를 부드럽게 안아주었던 그 친구의 부모님은 서로를 안으며 인사하는 것이 일상인 사람들이었다. 너무나 자연스럽고도 환한 미소로 친근감을 전할 줄 알았던 친구는 가족들끼리 나눈 다정한 대화를 전해주곤 했다. 그들에겐 일상인, 어떤 사람들에겐 신기할 수도 있는. 결국 그들은 대부분 사랑이 가득한 사람이 되도록 예정되어 있었다. 그렇다면 우리 가족은 어떤가. 나는 눈을 감고 엄마 품의 감촉이라던가 아빠와 마주 보며 미소지었던 기억을 떠올리려 애썼다. 그 결과 내가 더욱 슬퍼진 것은 어쩔 수 없는 일이었다. 타고난 성격의 차이인지, 자라온 환경의 문제인지, 차마 터득하지 못한 어떤 기술의 결과인지 수없이 고민했던 그것이 다름 아닌 경험의 문제였다는 사실을 알게 되자 솔직히, 흉내라도 내려고 노력했던 것들을 다 그만둬 버리고 싶다는 생각까지 하고 말았다.

하지만 일반적으로 환영받는 방식이 아닐지라도 나름대로 최선을 다하는 날들이 이어졌다. 어색한 미소와 무뚝뚝한 말투를 고치긴 어려워도 진심을 담기 위해 노력해볼 순 있었다. 그것은 여덟 번은 실패하고, 두 번쯤 성공하는 노력이었다. 무수한 실패 중에서도 내가 기억하는 가장 뼈아픈 실패는 삼 년도 더 지난 일이지만 아직도 기억이 생생하다. 분이 많은 생을 살아 잘 때마다 이를 가느라 치아가 거의 남지 않은 아빠는 틀니를 하러 가자는 딸들의 간곡한 요청을 단호히 거절했다. 한사코 얼마 남지 않은 치아를 이용해 음식을 씹어 삼키며 함께 식사하는 동안 불편할 딸들의 마음을 가볍게 외면해버리는 것이다. 그런 아빠의 고집을 꺾을 용기도, 인내도 없었던 나는 어느 날 고향에 가기 전 약국에 들렀다.

"치아에 좋은 약이 뭐가 있나요?"

병원이든 약국이든 넘친다고 할 만큼 충분한 정보량을 제공해야 가장 좋은 결과를 얻을 수 있다는 것을 알면서도 대뜸 저렇게만 묻고 약사의 눈을 피했다. 아빠의 치아가 많이 빠져서요, 라는 말까지 덧붙이면 치과에 모시고 가라는 말이 돌아올 것 같아서 겁이 났다. 그 말에는 분명 그렇게 될 때까지 방치했냐는 질타가 섞여 있을 것 같아서, 고작 약국에 영양제를 사러 오는 것밖에 하지 못하냐는 생각을 저 선해 보이는 약사가 할지도 모른다는 생각이 들어서였다.

그렇게 약사가 추천해준 영양제 중에 가장 좋은 것을 골라 사들고 고향으로 향하는 길은 평소보다 짧았다. 어떤 말을 하면서 건네줄지를 고민했다. 아빠의 치아가 얼마 남지 않은 것을 나에게 직접 말했던가. 너무 자세히 아는 척하면 아빠가 무안하지 않을까. 적당히 모르는 척 몸에 좋은 거라며 쥐여 줄까. 그러다 언니에게 먼저 메시지를 보냈다.

> 아빠 이빨에 좋은 약 사간다.

신난 모양의 이모티콘이 답으로 왔다. 언니가 신난 부분이 아빠의 약 때문인지, 동생이 고향에 들른다는 것 때문인지는 알 수 없었다. 두 가지 이유가 모두 아니라면 아마도 나를 위로해주기 위해서였을 것이다. 고향에 도착해서 터미널에 마중 나온 아빠의 트럭에 올라타 단둘이 시골집에 향하면서도 나는 계속해서 고민하고 있었다. 어떤 말을 하면서 건네줘야 할까, 어떤 말을 해야 어색하지 않을까. 이 약이 아빠의 잇몸 통증을 없애주진 못할 테지만 내 마음이라도 알아주길 바랐다.

고향집에 도착하자마자 시작된 저녁 식사의 밥상 위에는 나를 환영하기 위한 삼겹살이 올라 있었다. 엄마는 그 삼겹살을 뼈 없는 부분만 고르고 비계와 살 부분이 적당히 섞이게 잘게 잘라 아빠 앞에 따로 덜어놓았다. 나는 그 잘게 잘린 삼겹살이 다 사라질 때가 되어서야 겨우 말을 꺼낼 수 있었다.

"아빠, 요새도 이빨 아프나?"

아빠는 그 말에 고개를 돌려 나를 멀거니 바라봤다. 이빨은 맨날 아프지, 대답은 아빠 대신 엄마한테서 들려왔다. 그 대답을 들은 나는 먹던 수저를 멈추고 잠시만! 하며 건넛방으로 뛰어가 사들고 온 약을 챙겼다. 이상하게도 몸과 마음이 떨리는 기분이 들었다. 모든 게 너무 어색하다 못해 괴상하다는 생각이 들었지만, 조금의 기대를 가지고 다시 밥상 앞으로 돌아갔다.

"이거 잇몸이랑 이빨에 좋은 영양제래. 챙겨 먹어라."

그 말을 뱉는 것과 거의 동시에 이게 아닌데, 라는 생각을 했다. 이렇게 퉁명스러운 투로 얘기할 게 아닌데. 이렇게 아무것도 아닌 것처럼 툭, 바닥에 놓아둘 게 아닌데. 어떤 마음으로, 어떤 약국에 가서, 어떤 이야기를 하고 사 온 약인지, 무엇보다 그 약을 먹고 어떤 일이 일어났으면 좋겠는지 등의 이야기를 죄다 빼먹었다. 나는 다른 말을 더 덧붙일 수 없었고, 아빠는 아무 말도 하지 않았다. 어색해진 공기를 깨고 언니와 엄마만 매일 챙겨 먹어야겠네, 등의 말을 중얼거릴 뿐이었다. 나는 남은 삼겹살들을 입에 구겨 넣으면서 생각했다. 대실패로구나. 그리고 슬며시 약 쪽으로는 시선도 주지 않고 티브이만 바라보며 밥을 씹어 넘기는 아빠를 바라봤다. 그러자 또다시 조금 슬퍼졌던 것이다. 애교 없는 막내딸일 수밖에 없었던 과거와 지금과 어쩌면 미래가 한꺼번에 생각이 나서.

02

투병의

역설

역설적이게도 투병이 안겨준 우리의 순간들.

이런 순간을 늦게 알게 된 만큼

오래 간직하고 싶다는 생각을 했고,

그럴 수 있다면 꽤 많은 것을

포기할 수 있겠다고 생각했다.

마늘장아찌 학사 학위를 따다

"엄마, 도마 어디 있노?"

"엄마, 진짜 미안한데 키친타월은 어디 있는데?"

"엄마!"

이쯤 되니 의기양양하게 부엌에 들어선 기세가 민망해졌다. 엄마는 보지 않는 척 계속해서 흘긋거렸고, 내가 "엄마"하고 부르면 높낮이를 숨긴 말투로 차분히 대답했다. 자꾸만 질문을 쏟아내는 내게 부끄러워하지 말라는 듯이 감정을 드러내지 않는 말투였다. 그러다 결국 내가 먼저 참지 못하고 민망한 웃음을 흘리며 또다시 "엄마"하고 부르자 엄마도 함박웃음을 터뜨리며 말했다.

"너무 많이 하지 말고 쪼껜만 해라."

나도 일부러 높은 목소리를 내며 말했다.

"그러면 한 통만 만들게!"

항암 과정에서 많은 사람들이 가장 힘들어하는 부작용 중의 하나가 바로 구토와 오심이라고 한다. 항암 과정이 악독한 이유는 항암약이 나쁜 세포뿐만 아니라 정상 세포까지 죽이기 때문인데, 그것을 이겨내려면 면역력을 높이기 위해 뭐라도 먹는 것이 무엇보다 중요하다. 하지만 구토와 오심이 부작용으로 찾아오면 속이 메스껍고 구역질이 나서 아무것도 먹을 수가 없기 때문에 고통스러울 수밖에 없다. 엄마는 다행스럽게도 구토는 하지 않았지만 며칠을 메스꺼움에 힘들어했다. 하지만 메스껍다고 하면서도, 맛이 느껴지지 않는다 하면서도 꾸역꾸역 끼니를 챙겨 먹었다. 언니는 그런 엄마의 곁에서 삼시 세끼를 함께했다. 반면 타지에 사는 나는 "엄마가 밥을 못먹는다.", "오늘은 추어탕에 말아서 두 그릇을 먹었다." 등의 소식을 메시지를 통해 듣는 수밖에 없었다. 답답한 마음에 기분은 하루 종일 롤러코스터를 탔고 틈만 나면 버릇이라도 된 듯 검색창에 유방암을 적어 넣었다. 이미 눈에 익을 대로 익어 외울 지경인 검색 결과들을 몇 번이고 다시 읽었다. 그러다 엄마와 비슷한 상황의 어느 환자가 좋은 치료 결과를 보였다는 사례를 발견하기라도 하면 매번 들뜨는 기분을 억누를 수 없었다. 모든 치료과정이 잘 진행되고 우리 엄마도 이 사람처럼 결국엔 견뎌낼 것이라는 생각까지 하게 되면 믿을 수 없을 정도로 마음이 가벼워지기도 했다.

그러다 우연히 유튜브에서 어느 암 환자의 영상을 하나 보게 됐다. 항암 과정에서 입안 가득 기름을 물고 있는 듯한 메스꺼움에 아무것도 먹을 수 없었을 때, 유일하게 몸이 찾기라도 하는 듯 먹을 수 있었던 반찬이 한 가지 있었다고 했다. 바로 '마늘장아찌'였다. 나는 그 영상을 보자마자 오랫동안 찾아 헤맨 무언가를 발견하기라도 한 듯 가슴이 두근거렸다. 내가 할 수 있는 일을 찾았다. 그런 생각이 들자마자 급히 엄마에게 메시지를 보냈다.

> 엄마! 내가 마늘장아찌 담가 줄게.

엄마는 웬 마늘장아찌 같은 소리인가 싶었겠지만 나는 그날부터 검색창에 유방암을 적어 넣는 대신 마늘장아찌를 검색하기 시작했다. 갖가지 레시피를 훑어보고 요리에 어설픈 내가 최대한 잘해낼 수 있는 방법을 찾았다. 마늘은 어떤 걸 사야 하는지, 장아찌를 담그는 용기는 따로 있는지 등 공부해야 할 내용이 많았다. 그렇게 마늘과 장아찌, 혹은 마늘장아찌에 관해 연구하는 시간은 도통 가질 수 없었던 평온까지 가져다주었다. 얼른 만들어서 엄마의 메스꺼운 속을 달래주고 싶었다. 이렇게 다른 반찬도 아니고, '장아찌'를 만들 정도로 나는 이제 어른이 되었다는 사실을 보여주고도 싶었다. 그리고 무엇보다 내가 엄마를 한시도 잊지 않고 있음을 전하고 싶었다. 그렇게 내가 벼르고 있는 레시피의 블로그는 아마 내 걸음으로 문지방이 다 닳았을 것이다.

고향에 가기까지 약 이 주간의 시간 끝에 나는 마늘장아찌 석사는 못 되어도 학사 학위 정도는 딸 만한 정보량을 습득했다. 드디어 고향에 가는 날, 들뜬 마음에 조금이라도 서두르고 싶어 중간 지역에서 환승까지 해가며 집에 도착했다. 그렇게 야심 차게 주방에 들어섰건만, 나는 온통 엄마를 찾으며 도마 하나, 키친타월 하나 혼자 찾지 못했던 것이다. 미리 집으로 주문해두었던 이 킬로그램 가량의 마늘쫑이 무색하게, 내가 낸 결과물은 마늘장아찌보다 엄마의 시선이 더 많이 담긴 일 점 육 리터짜리 락앤락 발효 용기 한 통이었다.

얼렁뚱땅 마늘장아찌 담그기를 마무리 짓고 종일 티브이를 보고 있는 엄마 뒤쪽 소파에 슬그머니 앉았다. 아직도 나는 엄마와 같은 곳을 바라보며 시시콜콜한 대화를 나누는 일이 어색했다. 티브이에서는 서울 토박이 연예인들이 왁자지껄하게 부산을 구경다니는 방송이 한창이었다. 나는 그 여행기에 관심이 전혀 없었지만 그걸 보고 엄마가 웃는다는 사실이 참 안심이 되었다. 그렇게 엄마의 뒷모습에서 웃음을 찾아 헤매다가 문득 민둥해진 머리에 시선이 머물렀다. 내가 집에 도착했을 때, 엄마는 일부러 현관까지 마중 나와 민머리로 웃어 보였다. 낯선 티를 내지 않고 엄마, 귀엽네! 하며 꺄르르 웃고 넘겼던 참이었다.

환자가 머리를 밀 때는 가족들이 엉엉 운다고 하던데 우리 가족은 그렇지 않았다. 엄마가 민머리가 된 일은 생각보다 슬프지 않았다. 물론 마음이 아프긴 했지만, 엄마 앞에서 아무렇지 않은 듯 웃어 보일 정도는 되었다. 다른 환자들보다 조금 일찍 머리가 빠졌네, 우리 엄마가 진짜 암 환자구나, 항암이 끝나면 언젠간 다시 나겠지, 하는 감상 정도. 그러나 엄마의 뒷모습을 멍하니 보고 있자니 알 수 있었다. 지금 이 장면이 갖는 무게. 내가 왜 이 장면을 두 눈에 담고 반드시 기억해야 하는지. 아기가 된 듯 머리카락이 없는 엄마가 주방에서 애쓰는 딸을 걱정스럽게 바라보고, 나는 주방을 온통 헤집으며 집기의 위치를 묻고, 참지 못하고 결국 웃어버리는 이 모든 장면들이 나중의 나를 눈물겹게 하리라는 것까지도.

나는 마늘장아찌가 부디 맛있게 익었으면 좋겠다고 생각하고 속으로 중얼거렸다. 도통 그런 성격이 아닌데도 쑥스러운 줄도 모르고 계속해서 되뇌었다. 맛있게 익어라, 우리 엄마 다 낫게 맛있게 익어라. 내가 십 년이고 이십 년이고 마늘장아찌를 슬퍼하는 일 없이 먹을 수 있게, 맛있게 익어라.

망치질

아슬아슬한 분위기는 어떤 계기나 신호가 없어도 자연스럽게 느껴지기 마련이다. 사람과의 관계에 재주가 없는 나는 그 결과로 어색한 흐름을 읽는 눈치 하나만큼은 꽤 내세울 만해졌다. 물론 그렇다고 해서 그 아슬아슬한 분위기를 녹아내리게 하는 재주가 있는 것은 아니다. 오히려 악의 없는 웃음과 배려로 분위기를 누그러뜨리는 사람을 동경하고 부러워하는 쪽에 속했다. 쉽게 말해 해결할 능력도 없으면서 눈치만 빠른 것, 그저 자신을 더 어쩔 줄 모르게 할 뿐인 이 능력은 쓸데없다고 느껴질 때가 그렇지 않을 때보다 더 많았다. 차라리 눈치가 없거나 조금 둔감했더라면 자주 종종거렸던 나와 그런 나를 지켜보는 누군가의 마음이 편했을까.

아슬아슬한 것 중에서도 단연 으뜸은 눈물이나 분노를 토해내야 마땅한데 아무렇지 않은 척하는 상황이다. 이미 불안과 두려움이 목구멍까지 차올랐으며 그것을 누군가에게 털어놓고 싶은 마음이 굴뚝같은데, 이런 어두운 감정일수록 전가해선 안 된다는 이성적인 생각 하나로 참아내는 것은 아주 위험하며 무너지기 쉬운 일이기 때문이다. 이럴 때 말하지 않아도 마음을 알아주는 이가 곁에 있다면 그런 상태를 조금은 버텨낼 수 있게 된다. 나는 우리 가족을 위해 기꺼이 눈치라는 능력을 발휘하고 마음을 알아주는 쪽이 될 의사가 있었지만 그러지 못했다. 아슬아슬한 사람이 한 명이 아니었기 때문이다. 엄마가 아프기 시작한 이후 우리는 다 같이 흔들렸다. 한 명도 빠짐없이, 모두가 절벽 끝에 선 아슬아슬한 기분이었을 것이다. 어색함을 감추며 둘러앉아 식사할 때도, 몇십 년 만에 가족 외식을 나갔을 때도, 비로소 보통의 가족이 된 것처럼 은은한 충만감에 염치 불고하고 마음을 맡겼을 때도. 사실은 모두 필사적이라는 것을 그 미운 눈치로 처음부터 알고 있었다.

성인이 된 이후 싸우긴커녕 말다툼을 한 일도 손에 꼽을 정도인 언니와 내가 날 선 대화를 하게 된 것도 그래서였을 것이다. 나의 언니는 내가 태어나서 겪은 사람 중 가장 여리면서 강하며 착한 천성을 가진 사람이다. 한번이라도 타인에게서 의외의 모습을 발견해 본 사람이라면 저 사람은 원래 저래, 라는 말이 얼마나 번복되기 쉬운 말인지 알고 있다. 나 또한 누군가에 대해 정의하길 두려워하는 사람이지만 언니는 내 인생을 몽땅 뒤지며 떠올려 봐도 매 순간 여렸으며 그런데도 살아남았으므로 강한 것이 틀림없고 그 과정에서 늘 부모와 동생을 생각했기에 착한 것이 틀림없다. 내가 유일하게 천성을 단언할 수 있는 사람. 나에게만은 그런 사람이 바로 그녀이다.

그런 언니의 분노를 이끌어내었으므로 그 다툼의 팔 할은 내 탓이다. 나머지 이 할은 우리를 궁지로 몰았던 상황의 탓. 이 할의 변명을 위해 구구절절 몇 문단을 늘어놓았다. 언니는 내가 한 줌의 탓도 할 수 없을 정도로 가족을 위해 희생하고 있었다. 언니는 프리랜서라 비교적 시간 사용이 자유로워서 엄마와 아빠를 데리고 서울의 병원까지 오가는 일을 도맡아 하고 있었다. 가끔 미안한 마음에 울상을 짓고 있는 내게 니는 일하니까 어쩔 수 없잖아, 라는 말을 일말의 억지 없이 건네곤 했다. 서울의 대학 병원까지 내가 함께했던 것은 딱 두 번, 그 두 번의 경험 모두에서 나는 온통 지쳐 버렸다. 대학 병원이라는 곳이 이렇게나 복잡하다면 도대체 세월과 병환에 의해 사리의 분별이 둔감해졌을지 모르는 어르신들은 어떻게 찾아들 오시는지 궁금할 정도였다. 서울이라곤 여행처럼 갔던 몇 번의 방문이 다였기 때문에 그 공간의 존재감 자체가 마음을 짓누르기도 했다. 그런 곳을 엄마와 아빠, 나까지 모든 가족이 언니의 뒤만 쫓아다녔다. 가족 중 누구보다 겁이 많고 내성적이어서 어디 전화 거는 일도 잘하지 못했던 언니는 억지로 히어로가 되었다. 그래서 긴장감이 만들어낸 듯한 그늘은 언니 얼굴에 눈코입 중 하나처럼 아예 자리 잡아 버렸다. 자주 위태로워 보였다는 말이다.

저 어깨가 무너져 내리기 전에 나눠 들어야 한다는 것을 알고 있으면서도 모른 체 시간은 흘러갔다. 내가 모른 체를 한다는 그 사실을 나 자신에게, 혹은 엄마나 아빠에게, 특히 언니에게는 들키고 싶지 않다는 생각만 부지런히 할 뿐이었다. 그러기 위해 정작 도움이 되는 일은 하나도 하지 못하면서 전보다 집엘 자주 갔다. 솔직히 그것은 실제로 가족을 향한 그리움 때문이기도 했지만 그래야만 할 것 같다는 의무감 때문이기도 했다. 고작 마늘장아찌나 삼계탕 같은 암 환자에게 좋다는 음식을 만들어 내고, 엄마에게 살갑게 말을 붙이기는커녕 곁눈질로 안색을 살필 뿐이면서. 과연 이게 최선일까, 라는 생각이 들 때 자존감을 상실해 가는 부류의 사람들이 있다. 나는 안타깝게도 철저히 그런 사람이었으므로 자꾸만 작아지는 기분에 마음이 상해갔다. 내가 몰랐던 엄마 병에 대한 사실을 언니가 줄줄 꿰고 있을 때, 병원 일정이 헷갈려 자꾸만 언니에게 다시, 또다시 물어야만 할 때, 진짜로 내가 돈을 보태지 않아도 되겠냐는 말을 몇 번이고 되묻기만 할 때. 미안하고 고마운 마음과 스스로에 대한 불신은 꼭 비례해서 커져 갔다.

다툼의 시작은 사소했다. 평소와 똑같이 엄마의 병과, 가족의 상황과, 앞으로의 일정을 이야기 나누었다. 그 모든 부분에서 언니가 짊어져야 하는 부담에 대해 미안한 마음을 어설프게 표현하다가, 아무래도 스스로가 비겁해 보인다는 생각이 들었다. 그러다 보니 점점 짜증이 나 그녀를 몰아붙이고 싶어졌던 것이다. 언니는 나보다 상황이 낫잖아, 라는 말을 함으로써 내 최선의 한계점을 낮추고 싶었던 것인지도. 나는 그녀의 노력을 절하하는 것으로 내 상황을 절박해 보이게 하는 속임수를 썼다. 지금 이 갈등이 나 자신의 정당화를 위해 생겨났다는 걸 알면서도 입을 통해 뱉어지는 말을 멈추기가 어려웠다. 언니는 결국 상처받은 눈을 했다. 나는 그 눈에 또 상처를 입어 자꾸만 나쁜 말을 쏟아냈다. 언니의 변명은 지극히 겸손했고 나의 공격은 아주 볼썽사나웠다. 얼굴이 빨개진 채로 별다른 소득 없이 열렸다 닫히는 맞은편의 입술을 바라보는데, 언니랑 의 상하지 않게 조심하세요, 하는 말이 생각났다. 이미 비슷한 경험을 하셨던 직장 상사의 걱정 어린 말씀이었다. 다정하기 그지없는 그분께서는, 선생님은 내가 말 안 해줘도 잘하겠지만요, 하는 말을 덧붙이셨다. 나 스스로와 불쌍한 언니와 벽 너머로 이 다툼을 듣고 있을 엄마와 다정한 그분과 어쩌면 나를 아는 사람들을 모두 실망시키고 있다는 생각에 괴로워졌다. 자리를 박차고 나오는 것밖엔 별다른 도리가 없었다.

미리 싸두었던 베이지 가방을 집어 들고 집 밖을 나서는 등 뒤로 와 그라노, 와 그라노, 하는 목소리가 따라왔다. 엄마는 자매가 다투는 소리를 다 듣고 있었을 것이면서 다른 말은 할 수가 없어 왜 그러냐고만 했을 것이다. 그보다 더 멀리서, 놔둬라, 못돼 가지고, 하는 언니의 목소리가 들렸다. 나는 뒤따라오는 엄마를 털어 내려는 듯 과격한 몸짓으로 집과 멀어졌다. 이대로 도망가버리고 싶다는 생각을 분명하게 떠올리면서. 그런 나의 발걸음을 잠시 멈추게 한 것은 엄마가 나를 찔러버렸기 때문이었다. 싸우지 마라, 부모가 못나서, 내가 못나서 그렇다. 차마 돌아보지 못하고 계속 걸어가는 내내 가슴에 피가 고이는 것 같았다. 나는 터미널까지 꾸역꾸역 걸어가고서야 엄마에게 메시지를 보냈다.

> 엄마, 딸내미 가슴에 대못 박는 그런 말은 하지 마라.

내가 설움과 아픔에 대해 이야기 할 때면 엄마는 다른 쪽으로 고개를 돌려버리곤 했다. 그러면 나는 잠자코 미안하다거나 감당 못 하겠다는 뜻으로 받아들였다. 우는 것도 화내는 것도 아닌 그 표정이 눈에 보였으니까. 하지만 메시지는 표정으로 대답할 수가 없다. 어떤 말이든 하라고 강요하는 것과 같다. 내가 잔인했구나, 나는 오늘 왜 이렇게 형편없이 구는 걸까, 하는 후회가 들 때쯤 답장이 왔다.

> 언니도 나로 인해 스트레스가 많이 쌓였을 거다.

월요일 이른 오후의 터미널엔 오가는 사람이 별로 없었고, 나 하나쯤 감정을 터뜨려도 이 평화가 깨지진 않을 것 같았다. 그래서 아득한 기분으로 창피한 줄도 모르고 엉엉 울었다. 엄마는 자꾸만 나를 울리려 작정한 사람처럼 굴었다. 왜 다 당신 때문이라고 생각을 하는 건지. 나는 원망의 화살을 다른 곳으로 돌리고 싶었고 언니가 내게 했던 말을 곱씹으며 어떻게 그런 말을 할 수가 있어, 스스로를 옹호했다. 물론 그것이 아주 부끄럽고 얄팍한 옹호임을 깨닫기까지는 오랜 시간이 걸리지 않았다. 사실 대부분의 일에서 이성을 찾는 건 생각보다 오래 걸리지 않는다. 그런데도 자꾸만 서로를 상처 입히게 되는 것이 이상했다. 또 한편으론 우리가 서로에게 자꾸만 미안해하는 한 어쩔 수 없다는 생각이 들었다. 그래서 이제 각오를 다져야만 했다. 아마도 서로에게 망치질하는 시간을 지나게 될 것이다. 우리는 자신도 모르는 사이 가장 아픈 부분을 찾고, 뾰족한 끝을 조준하여, 정확히 박으려 애쓰며 망치질을 하게 될 것이다. 그날 이후로 우리 자매는 단 한 번도 다투지 않았다. 그러나 그것이 서로의 뚫려버린 깊고 얇은 자국을

눈치채어 서로 보듬어줄 수 있게 되었다는 뜻인지는 모르겠다. 늘
아름다울 수만은 없다. 투병이란 그런 것이니까.

엄마, 남녀 공용 샤워실의 고시원을 알아?

요즘같이 엄마와 많은 시간을 보내는 것은 성인이 된 이후로 처음이었다. 누가 봐도 투병 중인 사람처럼 민머리를 하고 있는 엄마를 보면 왜 진작에 엄마를 바라보는 시간을 갖지 않았을까, 깊숙한 곳에서부터 후회가 번져 나와 나를 잡아 삼키려 했다. 대학 시절의 나는 나름대로 치열한 청춘을 살아내느라 눈코 뜰 새 없이 바빴고, 그 과정에서 겪은 가난의 설움은 부모에 대한 원망으로 번져 굳이 시간을 내어 집에 방문할 마음도 들지 않았다. 그렇기 때문에 아무리 기억을 뒤져도 엄마와의 추억을 끄집어내려면 청소년기, 혹은 유년기로 거슬러 올라가야만 한다. 이제 와서 후회해도 소용없는 일이며, 내가 이런 진부한 말을 하게 될 줄은 꿈에도 몰랐지만, 소중한 것이 무엇인지 잊고 살았던 것이다. 하지만 고백하건대 나는 스스로의 의지로 엄마와 데면하게 지냈던 그 시간 동안 끊임없이 엄마를 그리워했다.

대학생이 되어 집을 나온 후, 말을 건넬 이가 없어서, 아니 만약에 있다고 하더라도 의아한 눈빛을 받을 것이 뻔했기 때문에 입 밖에 내지 않을 뿐이지 나는 자주 집에 있으면서 집에 가고 싶다고 생각했다. 정말 간절하게, '집에 가고 싶다'고. 그런 생각을 할 때의 나는 매우 다양한 '집'에 이미 머무르고 있는 상태였는데도. 대학 생활 동안엔 지겹게도 떠돌아다녔다. 흔히들 청춘과 방황의 관계를 모순으로 보지 않는 데는 그 이유가 있을 테지만, 난 스스로 청춘이라고는 생각했으나 그런 종류의 방황을 원한 적은 결코 없었다.

막 대학생이 되어서는 무난하게 대학교 기숙사에서 생활했다. 이 인실이었던 그 방은 딱히 모자람도, 쾌적함도 없는 공간이었다. 함께 지내게 된 룸메이트는 한 학년 위의 경영학과 선배로, 친 언니의 후배라 나를 은근히 챙겨주었던 기억이 난다. 내가 조금 더 외향적이거나 사교적인 성격이었다면, 혹은 기숙사에 정을 붙이고 머물렀다면 그 언니와 멋진 추억을 만들 수도 있었을 것이다. 하지만 새로운 관계를 만드는 데 서투른 내성적인 성격인 데다, 자는 시간 외에는 내내 아르바이트를 해야 했던 나는 아쉽게도 그 기숙사에서의 추억이 그다지 남아 있지 않다. 머무르는 시간이 워낙 짧았기에 한 학기가 끝날 때까지도 도무지 익숙해지지 않았던 그곳은, 기억을 더듬고 더듬어야 겨우 어렴풋이 떠오를 정도로 끝내 낯선 공간으로 남았다.

그렇게 나는 그 뒤로도 많은 공간을 크게 정붙이는 일 없이, 그 공간의 모양새를 잊어도 아무런 미련이 없을 정도로 담담하게 거쳐왔다. 하지만 그 공간들은 분명 그때 당시의 내게 있어 몸을 뉠 수 있는 유일한 공간이었고 일과를 마치는 시간이면 '집에 간다'고 말하며 향하는 공간이었다. 그렇기에 아무리 큰 의미를 두지 않아도 잊을래야 잊을 수 없는 공간이 하나쯤은 남아 있을 수밖에 없다. 삼 년이나 일했던 맥줏집 근처의 남녀 공용 고시원이 바로 그런 곳이었다.

스물한 살, 한참 미래에 대한 고민이 컸던 나는 호기롭게 휴학계를 내고 돈을 모으고 있었다. 글을 쓰며 살고 싶다는 오랜 꿈에 대한 욕망이 커질 대로 커져 있었으나 이대로는 한계가 있음을 깨닫고 나름대로 방법을 생각해낸 것이다. 어딘가로 떠나자. 깊이 있는 글을 쓰기엔 작은 시골에서 자라 이제 겨우 도시로 나왔을 뿐인 나의 경험이 한참 모자란 것 같다고 느꼈다. 꿈을 향한 목표가 있기에 돈을 아끼는 일은 힘들지 않았다. 내 몸 하나 뉠면 가방 같은 짐을 두기에도 비좁은 고시원 방에서 지내는 일도 당연하게 견딜 만했다. 공용 주방에 가면 김치와 밥이 늘 준비되어 있다는 점이 가장 맘에 들었던 그 고시원은 월세 이만 원을 더 내면 복도 쪽 창문이 있는 방을 쓸 수도 있었지만 난 망설임 없이 창문 없는 방을 선택했다. 스물한 살은 창문 하나로 삶의 질이 얼마나 달라질 수 있는지 미리 알기에는 너무도 어리고 무지한 나이이기 때문이다. 그리고 무엇보다 나는 '꿈꾸는 청춘'이었다. 내 몸이나 정신이 혹사되도 꿈만 있으면 괜찮다는, 눈물겨운 마음가짐도 한몫했다.

일 년 정도 머물렀던 그곳은 상상을 초월하게 좁다는 점을 제외하고도 치명적인 단점이 있었는데, 다름 아니라 샤워실이 '남녀 공용'이었다는 점이다. 흔히 볼 수 있는 공중화장실처럼 칸이 나뉘어 있었고, 그 안에 변기 대신 샤워 호스가 하나씩 있었다. 그 칸은 대여섯 개쯤 있었는데, 심지어 세면대는 바깥에 있어 무심코 세면대 앞에서 양치질을 하고 있다 보면 웃통을 벗은 채 샤워실 칸으로 들어가는 아저씨들이 거울에 비치곤 했다. 특히 요즘 같은 때엔 더욱 상상도 할 수 없는 환경이지만, 놀랍게도 한 달 월세 십팔만 원짜리 고시원의 현실은 그랬다. 아마 대학교 근처가 아니라 유흥가가 밀집한 지역이었기 때문에 더 그랬을 것이다. 그나마 안심되는 점은 맥줏집 서빙일이 저녁 여덟 시에 시작해 새벽 다섯 시에 끝이 났기 때문에 사람이 없는 시간을 골라 샤워실을 이용할 여지가 있다는 점이었다.

그래서 나는 어느 정도 방심을 하고 있었을지도 모른다. 여느 때와 같이 새벽 다섯 시쯤 일을 마치고 돌아와 샤워실 칸에 들어가 물을 틀었을 때, 바깥쪽에서 들려오는 인기척에 소스라치게 놀라기 전까진. 누군지 모를 그 사람은 바로 옆 칸으로 들어가더니 뭘 하는지 아무런 소리도 내지 않고 잠자코 있기만 했다. 샤워기 물 트는 소리도, 부스럭거리는 소리도 전혀 들리지 않았다. 그렇게 삼 분 정도가 흘렀을까, 오소소 소름이 돋기 시작했다. 무서워 진 나는 샤워기를 틀어놓은 채로 물방울이 떨어지지 않는 쪽에 비켜서서 주섬주섬 옷을 입었다. 습기가 가득 찬 칸 안에서 옷은 또 어찌나 내 맘대로 안 되던지. 그렇게 나는 조용한 분투 끝에 옷을 걸치자마자 재빨리 뛰어나왔다. 내 방까지 뛰어가 문을 잠근 뒤에 는 다리가 후들후들 떨려 서 있지도 못할 지경이었다. 복도 쪽에 귀를 기울였지만 다행히도 다른 발자국 소리는 들리지 않았다. 그 제서야 내 몰골을 살펴보니, 몸의 물기만 겨우 닦고 젖은 머리를 풀어헤친 채였다. 샤워기를 끄지 못한 것도 뒤늦게 생각이 났다. 그리고 어떤 감정인지 알아차리기도 전에 눈물이 나기 시작했다. 수건을 꼭 쥔 채로, 물이 뚝뚝 떨어지는 머리를 추스를 생각도 하지 못한 채 침대에 엎드려 끅끅대며 울었다. 그 와중에 무서워서 소리도 내지 못한 채로, 정말 간절하게, '집에 가고 싶다'는 생각을 하면서.

그런 일을 겪고도 일 년을 꾸역꾸역 버텼지만, 결국 그 고시원에서 이루고자 했던 꿈은 이루지 못한 채 또다시 집을 옮겨야 했다. 그래도 아르바이트를 하며 모은 돈으로 학교 근처의 여성 전용 고시텔을 구할 수 있었다. '여성 전용'이라는 것이 무엇보다 마음에 들어서, 한 달에 삼십오만 원이나 하는 월세도 순순히 감당했다. 그 뒤로도 보증금이 없다는 이유로 무리해서 들어갔던 월세 사십만 원짜리 원룸, 바퀴벌레가 너무 많았던 상가 바로 위 단칸방, 지도 교수님의 배려로 일 년간 머물렀던 교수님 댁 아파트까지. 많은 공간을 전전하고 또 그 공간을 집이라고 부르는 동안, 그 남녀공용 샤워실 사건 외에도 '집에 가고 싶다'는 생각이 든 적이 수없이 많았다. 고된 하루를 마치고 침대에 누운 흔한 순간들부터 실연의 상처에 엉엉 우느라 휴지를 산처럼 쌓았던 추운 밤이나, 세상이 끝난 것 같은 좌절감에 멍하니 천장을 바라봤던 순간에도. 수많은 시간들에 '집'에 가고 싶었다.

그리고 지금에 와서 깨달았다. 나는 그토록 '집에 가고 싶다'는 말로 그리움을 감추고 살았구나. 나는 집에 가고 싶다고 외치며 안정과 위로, 따뜻한 무언가, 즉 엄마를 그리워했음에도, 한 번도 그 순간에 엄마에게 연락한 적은 없었다. 어쩌면 내가 나 자신의 그리움을 눈치채지 못한 건지도 모른다. 그리고 엄마도 내가 사는 공간을 궁금해하지도, 돌아보지도 않았다. 특히 그 남녀공용 샤워실의 고시원에서 짐을 뺄 때, 부산에 들른 아빠의 트럭에 짐을 옮겨 싣기 위해 내 방문 앞까지 왔던 순간에도 엄마는 기어코 그 문을 열어보지도 않고 문 앞의 짐만 들어 트럭에 실었다. 나도 그것이 서운하지 않았다. 그저 내가 머물렀던 공간 중 유독 강렬한 기억을 남긴 그곳에서의 지나가는 장면 중 하나로 남겨두었을 뿐. 그리고 이제 와서 뒤늦게 가슴이 아프다. 그 순간들에 "집에 가고 싶다."라고 에둘러 말하지 않고 "엄마, 보고 싶어." 하며 사실을 말했더라면 우리는 좀 더 가까워질 수 있었을까. 엄마는 그리움을 쏟아내는 딸을 어르고 달래는 엄마다운 역할을 하며 딸 앞에서 당당하게 굴 수 있었을까. 마주 앉아 함께 웃으며 떠올릴 만한 추억 몇 개쯤 만들 수 있었을까. 나는 스스로가 진정 그리워하는 것이 뭔지도 몰랐던 바보였고, 그러니 늘 '집에 가고 싶은' 아이일 수밖에 없었다.

"엄마, 보고 싶어."

이 말을 하기까지 이토록 오래 걸리다니. 짐짓 무용담이라도 말하듯 엄마에게 말해줄까.

"엄마, 나 실은 남녀공용 샤워실이 있는 고시원에 살았는데…."

그러면서 우리는 조금이나마 공백을 메울 수 있을지도 모른다. 그리고 의지와 상관없이 깊게 박혀 있던 그 일을 마침내 한번 얘기하고 말 이야깃거리처럼 넘겨버릴 수 있게 될지도.

죄인들의 전쟁

믿기지 않는 긴 연휴를 얻었다. 도서관 사서는 월요일이 휴무일이므로 이번 추석 연휴는 화요일만 연가를 낸다면 무려 일주일을 연달아 쉴 수 있었다. 그 영광스러운 화요일 연가권(?)이 막내인 나에게 돌아온 것은 부정할 수 없는 행운이자 너그러운 양보의 결과였다. 황송한 기분으로 가족들이 있는 고향으로 향했다. 와중에 코로나로 인해 지역 이동을 삼가라는 당부가 여기저기서 흘러나왔다. 그래도 암 환자를 가족으로 두고 있다면 봐주지 않을까. 마음의 가책과는 별개로 혹시나 내가 바이러스를 묻혀가면 큰일난다 싶어 행동거지가 조심스러웠다.

> 네가 끓인 삼계탕 먹고 싶대. 다른 건 괜찮대.

내가 끓인 삼계탕은 어마어마하게 맛있다. 삼계탕은 생각보다 난이도 높은 음식이 아니었다. 닭을 손질할 때의 낯선 촉감만 제외한다면 요리할 만했다. 깨끗이 손질한 닭과 한방 재료를 한데 넣은 뒤 정성 들여 끓이기만 하면 된다. 그런 간단한 과정을 거쳤는데 어마어마할 정도로 맛있었던 이유는 아주 조금 불순했다. 평소에 엄마를 돌보지 못하므로 집에 갔을 때만이라도 뭐라도 해야 한다는 죄책감. 그 죄책감은 나를 아침 일찍 일어나게 했으며 열한 시는 되어야 먹을 삼계탕을 일곱 시부터 끓이게 만들었다. 약 서너 시간을 끓인 삼계탕은 맛이 없을 수가 없었다. 육수가 어찌나 진한지 엄마는 연신 숨을 뱉으며 국물까지 싹 긁어 먹었다.

> 그럼 추석 음식 할 거랑 삼계탕 재료만 사자.

추석 연휴가 시작되기 전부터 언니와 메시지를 주고받으며 준비태세를 갖췄다. 장보기 목록을 작성하는 것부터 난관이었다. 지난 세월 무심한 딸이었음이 뼈저리게 느껴졌다. 한참을 더듬어보아도 엄마를 따라 시장에 간 기억조차 너무 희미해 제대로 떠올릴 수도 없었다. 그리하여 모든 걸 맡기라고 큰소리 떵떵 쳤던 초심을 겸허히 접고 엄마가 적어 준 메모를 손에 꼭 쥐고 장을 봤다. 추석 음식 재료와 삼계탕 재료, 긴 연휴를 대비한 간식으로 냉장고를 가득 채우고 나서야 엄마를 돌아봤다.

추석 연휴 며칠 전 항암 치료를 하고 온 엄마는 드물게 아픈 티를 냈다. 나는 가족과 떨어져 지내기 때문에 엄마의 아픈 모습을 보는 일이 드물었다. 그래서 환자 가족치곤 항암 부작용을 제대로 본 적이 없었다. 앓아누운 그녀를 보고 있자니 늘 귀엽기도 하고 안쓰럽기도 했던 민머리가 애달파졌다. 이론으론 항암 부작용 따위 줄줄 외울 정도로 꿰고 있었지만 "너거 엄마 튼튼한 거 모르나." 하던 엄마가 아픈 모습은 여전히 낯설고 믿기지 않는다. 저 동그랗고 까슬한 머리를 보고 있는 마음도 이렇게나 밑으로 추락하는데, 제 가슴에 암 덩어리를 달고 있는 엄마 마음이 어떨지 떠올리는 일은 너무 두려워서 차마 해내지 못했다.

추석 당일이 될 때까지 한 번의 삼계탕과 한 번의 토스트, 또 한 번의 파스타 맛이 나는 라면을 만들어 냈다. 바로 전날에는 전을 부쳤다. 고추찌짐, 육전, 명태전, 너비아니 등이었다. '찌짐'이라는 말이 방언이라는 걸 알고 있지만 왠지 고추찌짐은 그냥 고추찌짐이다. 고추찌짐이 가까운 부산에서조차 찾아보기 힘든 고향 특유의 음식이라는 걸 알게 된 뒤론 더 그렇다. 고추를 아주 잘게 다지고 홍합과 부추를 넣은 반죽을 부치는 전인데, 다른 지역 사람들은 그게 부추전이랑 뭐가 다르냐고 했다. 어쨌건 고추찌짐은 고추찌짐인데, 언니와 내가 엄마의 '적당히'를 오해한 탓에 산더미 같은 고추와 부추에 비해 앙증맞은 홍합이 너무 초라했다. 내가 가장 좋아하는 그 찌짐을 빼놓지 않고 굽는 엄마에게 홍합 좀 많이 넣어라, 입으로만 잔소리했던 일이 머리를 스쳤다. 고추를 다지는 손끝처럼 얼굴도 화끈해졌다.

전도 다 부쳐 놓았겠다, 추석 당일엔 느지막이 일어났다. 변명하자면 일을 시작한 뒤로 이토록 긴 연휴는 처음이었으므로 하고 싶은 일이 많아 어찌할 바를 몰랐다. 보고 싶었던 드라마도 정주행해야 하고 볼 영화 리스트도 한 움큼이었으며 써야 하는 글도 많았다. 그런 까닭에 새벽 네 시가 되어서야 잠들었으니 아침 열 시에 깨고도 한 시간가량 이불을 벗어나지 못한 건 내 기준에선 그리 괘씸한 일은 아니었다. 보통 열한 시 삼십 분쯤 점심을 먹으니 열한 시부터 식사를 준비하자고 언니와 합의도 된 상태였다. 그런데 난데없이 들리는 소리가 귀에 거슬렸다. 순간 울컥, 짜증이 났다.

"아, 엄마, 쫌!"

엄마는 누누이 들었을 것이다. 항암 치료를 한 뒤 일주일 동안은 제발 좀 움직임을 최소화하고 몸 상태에만 집중하라고. 그런데 엄마는 매번 응응, 하면서도 말을 듣지 않았다고 했다. 언니가 내게 하소연하듯 털어놓은 말들이었다. 언니가 조금이라도 지체하면 당신이 나서서 청소를 하거나, 설거지를 하거나, 어쨌든 뭐라도 한다는 것이다. 또 그러고 나서는 금세 지쳐 버려서 눈을 감고,

등을 돌리고, 누워 버린다고 했다. 얘기를 듣고 있자니 참을 수 없는 답답함이 몰려왔다. 대체 왜? 가만히 쉬면서 몸 좀 돌보라는 것만큼 쉽고도 중요한 일이 어디 있길래. 청소나 설거지 따위가 암과의 사투에 도움이 될 리 없음을 당신도 모르는 게 아닐 것이다. 왜 말을 안 듣니, 하는 어느 부모들의 한탄이 내 입에서 나오기 직전이었다. 그렇게 건너 듣기만 했던 엄마의 반항을 직접 목격하는 순간이었다.

탁, 탁, 탁.

정적을 깨고 들려온 소리는 분명 가스레인지 불을 켜는 소리였다. 나를 벌떡 일으킨 주인공이었다. 부리나케 일어난 나는 가스레인지 앞에 선 엄마에게 말했다.

"엄마, 내가 한다고 했잖아!"

"이 정도는 개안타. 배가 고파서 그란다."

"아니, 내가 할게. 엄마 가서 앉아 있어라."

가슴이 답답해지고 짜증이 났다. 배가 고프다, 그래서 가스레인지를 켰을 뿐이다. 누가 엄마를 비난할 수 있으랴. 그래서 더 답답했다. 어쩜 이렇게 딸내미 마음을 몰라주는지. 누워서 쉬느라 암 환자 엄마한테 식사 준비를 하게 만드는 나쁜 딸년이 된 것 같아서 뒷목에 소름이 돋았다. 짜증이 감춰지지 않아서 밥을 푸는 손길이 거칠었고, 그런 스스로의 모양새를 보니 또 화가 울컥울컥

치밀었다.

나름 노력하는 중인 모든 것들이 도통 먹히지 않는 기분이었다.

엄마는 차려진 밥상 앞에서 입맛이 없어졌다며 금방 수저를 놓아 버렸다. 그 모습을 보자니 또 억장이 무너졌다. 암 환자에게 밥 한 끼란 얼마나 중요한 것인가. 그런데도 엄마에게 밥 한 술 더 뜨라는 말을 하기 싫었다. 오히려 보란 듯이 고추찌짐을 입안에 쑤셔 넣으며 밥 한 그릇을 싹 비웠다. 그렇게 추석날 가족들이 둘러앉은 점심 식사는 식은 육전보다 딱딱하게 지나가 버렸다.

"엄마. 아까 짜증 내서 미안."

설거지를 시작하기 전부터 세제와 함께 나의 죄를 씻어내리라, 속으로 되뇌었던 나는 고무 냄새가 나는 손을 하곤 엄마에게 사과했다.

"근데… 우리 마음도 좀 이해해줘, 엄마."

엄마는 변명하고 싶을 때마다 뜨는 흐린 눈을 티브이에 두곤 같은 말을 했다. 티브이에선 지겹도록 재방송되는 트로트 프로그램이 흘러나오는 중이었다.

"그 정도는 개안타캐도, 배고파서 그랬다 안 하나."

"그래도 우리가 한다고 했잖아. 엄마 항암하고 일주일만 좀 참으라니까."

나는 내가 원하는 말을 들어야겠다고 생각했다. 앞으론 조심하겠다던가, 그래 나는 쉴 테니 너네가 다 알아서 하라는 말이라든가, 그런 방향의 말이라면 아무거나. 그런데 엄마는 끝내 그런 말들은 하지 않고 뜻밖의 반격을 했다. 울음을 터뜨려버린 것이다.

"미안해서 안 이라나. 미안해서!"

"뭐? 뭐가 미안한데?"

머리끝부터 발끝까지 죄책감으로 겹겹이 무장하고 연휴를 보내러 온 입장에선 기가 막힌 말이었다. 아까 설거지하면서까지 죄스러움을 씻어 내겠노라 다짐을 했는데 죄를 사해주어야 할 사람이 미안하단다.

"나 때문에 온 가족이 신경 쓰고 그라고 있는데. 내는 진짜 괜찮다캐도!"

"아."

그렇구나. 엄마는 이렇게 지내본 적이 없는 사람이구나. 엄마는 황송하고 불편했던 것이다. 온 가족이 당연히 엄마의 몫인 양 관심도 두지 않던 식사를 서로 차리겠다고 나서는 것. 가만히 앉아 있으면 다 알아서 하겠노라 모셔두는 것. 설거지라든가 청소라든가 하는 일들을 하지 않고 지켜만 보고 있는 것. 엄마는 평생 그래 본 적이 없는 사람이라는 것을 잊고 있었다.

"… 나라고 안 미안한 줄 아나. 나만 빼고 다른 가족들 다 고생하고 있는데, 나만 편하게 있는 것 같아서 엄마 소식 듣고 처음 몇 달은 친구도 못 만났다. 얼마나 죄책감 갖고 지내고 있는데!"

적당한 배경음악이 깔려야 한다면 웅장한 것이 좋겠다. 칼과 방패의 싸움 같았다. 아니 어쩌면 죄책감이라는 무기를 똑같이 갖고 있으므로 방패 따위 없는 싸움일지도 몰랐다. 엄마는 암 선고를 받고 난 뒤 남들 앞에선 한 번도 보인 적 없던 눈물을 보이며 죄책감을 토로했다. 나는 이미 무장 해제 당하기 직전이었으나 그래도 엄마의 고집을 꺾어야 했으므로 맞받아쳤다. 나도, 언니도, 어쩌면 아빠도, 전부 다 죄인이다, 그러니 엄마도 미안한 마음이라면 건강에 더 신경 써라, 고. 몇십 분의 실랑이 끝에 엄마는 백기를 들었다.

"그라모 항암하고 일주일 정도는 가만 있으께."

그렇게 전쟁은 끝났다. 삼계탕을 끓인다든가, 못하는 요리를 하려 애를 쓴다든가, 문득 울화가 치민다든가 하는 죄책감이 지긋지긋하다. 몸보다 정신이 지쳐갔다. 그래도 나만 죄인이었으면 좋겠다. 엄마도, 아빠도, 언니도 빼놓고. 오직 나만. 승기를 쥔 손바닥에서 고무 냄새가 났다.

아픔의 발견

이대로 정말 끝인 건가?

첫 이별이었다. 열일곱 살의 소녀는(사실 열일곱이 아닐지도 모른다) 저런 말을 되뇌며 멍하니 책상 앞에 앉아 있었다. 나는 스스로를 '소녀'라고 칭하는 일에 어색해하는 편이지만 남자친구와의 이별에 세상이 무너진 줄 아는 십칠 세에겐 소녀라는 단어가 잘 어울린다. 그때의 격정을 설명해보자면, 이별을 받아들이는 순간부터 가슴이 쿵쾅거리기 시작하더니 낯선 감정이 소나기처럼 한꺼번에 쏟아졌다. 소나기는 나를 제외한 다른 사람에겐 빗방울 하나 튀기지 않는 것 같았다. 그 나이의 나는 대부분의 사실이 부끄러웠고 그래서 다른 누구에게도 이 감정을 공유하기 싫었기 때문에 그 소나기가 내게만 영향을 미친다는 사실에 안도했다. 그렇게 낯섦과 안도가 뒤섞인 감정을 한차례 맞고 있자니 놀라운 일이 벌어졌다. 가슴이 아파오기 시작했던 것이다. 누군가 가슴께를 있는 힘껏 누르는 것 같은 통증이었다. 나는 이별이라는 상황이 이토록 물리적으로 실현된다는 사실에 경악스러웠다. 정말로, 말 그대로,

'가슴이 아프다'니.

시간이 흐르고 혼란이 조금씩 가시면서는 생각을 정리할 수 있게 되었고, 그 후로 지금까지도 내 안에 남아 있는 것은 첫 이별의 애처로움이 아닌 감정이 물리적으로 실현되었던 그 통증의 존재였다. 흔히들 슬플 때 말하는 "가슴이 아프다."는 말이 과장이나 은유적인 표현이 아니라는 사실을 깨달았기 때문이다. 그것은 또한 어떤 표현은 경험하기 전까진 진정한 뜻을 알지 못한 채 뱉어지기도 함을 뜻했다. 이 사실을 알게 된 것은 이후 내 삶에 많은 영향을 미쳤다. 경험해야 비로소 알게 되는 단어들, 표현들, 문장들, 그리고 아픔의 존재가 있다는 것. 나는 살아간다는 것은 진정으로 알게 되는 표현들이 늘어간다는 것, 조금 다른 맥락이지만 몰랐던 아픔의 존재를 알게 되는 것으로 생각하게 되었다.

그 후로는 아픔에 대해 말하는 것이 두려워졌다. 내가 경험하지 않은 미지의 아픔이 있을지도 모른다는 생각 때문이었다. 넘어진 아이에겐 제 무릎의 상처가 세상에서 가장 아픈 것처럼, 혹시 나의 아픔도 남들이 보기엔 티끌만큼의 상처뿐인 건 아닐지 걱정되기도 했다. 그러나 그것과는 별개로 내가 가장 아프다는 확신을 가져야만 살 수 있던 때도 있었다. 다른 누구보다 내가 가장, 내 나이의 다른 청춘보다 내가 가장 아프다는 확신. 그런 확신이 나를 버티게 해주었던 시절이 있었다. 악의라곤 눈곱만큼도 없는, 다만 눈이 부시도록 화목한 환경에서 자랐을 뿐인 아이에게 나 역시 악의를 갖지 않기 위해서. 이 정도로 간당간당하게 살아내는 것이 내가 타인보다 아픈 삶을 살고 있기 때문이라고 위안하기 위해서. 이 정도면 잘 해내고 있는 게 아닐까, 의문문이라도 뱉어보기 위해서.

그러한 방법은 대부분 효과가 좋았다. 가장 큰 효과를 보았던 것은 역시 가장 큰 좌절감을 맛보았던 때였다. 일 년의 휴학 후 내가 모은 돈은 목표로 했던 유럽으로 떠나기에 적당한 액수였다. 좁은 고시원에서 야간 아르바이트를 하며 꿈을 위해 모은 돈이었다. 그리 들뜨진 않았다고 생각했지만, 막상 잃고 나자 스스로 그 돈에 얼마나 큰 의미를 부여했었는지 알게 되었다. 시골에서 농사를 짓는 일에는 생각보다 어마어마하게 큰 자금이 필요하다. 특히 버섯 농사는 더 그랬다. 그 자금을 고스란히 은행에서 대출했던 부모님은 분기별로 큰 이자를 감당해야 했다. 그런데 딸내미 대학 등록금은커녕 생활비도 대줄 수 없었던 그들이 이자 낼 돈이 있을 리 없었다. 그냥 그런 까닭이었다. 나는 엄마의 전화에 한참을 고민하다 돈을 입금했고, 그러고 난 뒤엔 속절없이 생각할 수밖에 없었다. 지금의 나는 다른 누구보다 가장 고통스러울 것이라고. 그렇기 때문에 일 년 휴학 후 쌓은 것 하나 없이, 남은 것 하나 없이 학교로 돌아가도 비난받아선 안 된다고. 그렇게라도 생각해야 소중한 젊음을 일 년이나 낭비했다는 압박 속에서 마음을 추스를 수 있었다.

그런 식의 자기방어가 쌓이고 쌓여 나는 또다시 아픔에 무지해졌던 것인지도 모른다. 내가 겪은 고통이 세상의 다라고 생각하거나, 남들이 아파봤자 얼마나 아프겠냐는 오만에 빠졌던 것도 같다. 그러고자 의도했던 적은 없지만 사람이란 때론 어느 정도의 착각 덕분에 살아가기도 하니까. 머릿속으로는 '내가 겪어보지 않은 아픔에 대해 함부로 재단하지 말자.'라고 생각하면서도 '그래 봤자' 하는 착각으로 당당하게도 살아냈다. 가끔 상상해보긴 했다. 4기 암 선고를 받은 엄마를 가장 아프게 하는 것은 신체적인 통증일까, 생에 대해 고민해야만 하는 정신적인 고통일까. 전자는 아닐 것 같았다. 육안으로도 확인 될 만큼 커다란 암 덩어리를 가슴에 키우고 있었던 엄마에게 견디지 못할 만큼의 통증이 있었다면, 그 지경까지 암이 커지도록 병원에 가지 않는 일은 없었을 거라는 생각이 들었기 때문이다. 그렇다면 후자밖에 남지 않지만, 그것도 답이 아니길 간절히 바랐다. 남은 답은 그것밖에 없다는 것을 알면서도 그런 고통만은 내 상상보다 크지 않길, 엄마가 견딜 수 있는 만큼만 아프길, 의미 없는 바람만 되뇌었다. 그 이상을 짐작하는 일은 너무나도 두려웠다. 엄마가 삶의 마지막을 상상한다거나 혹여나 지난 삶에 회의를 느낀다거나 하는 것은 내가 감당할 수 있는 영역을 벗어나는 일이었다.

그렇게 건방지고도 나약한 지레짐작 때문이었을까. 나는 엄마가 응급실에 실려 가던 날 어린아이처럼 악몽을 꿨다. 사실 엄마의 몸 상태에 이상이 생겼다는 조짐은 조금씩 있었다. 소변을 눌 때 방광 쪽에서 강한 통증이 느껴지고 혈액이 섞여 나온다는 것이었다. 그러나 그 사실을 듣고도 나와 언니는 대수롭지 않게 생각했다. 그 힘들다는 항암을 응급실행 한 번 없이 무사히 견뎌 냈고, 항암에 앞서 면역력 검사를 할 때마다 일반인보다 뛰어난 면역 수치를 자랑했던 엄마였기 때문이다. 그저 면역력이 조금 떨어져서 방광에 염증이 생겼겠거니 하고 넘겼다. 게다가 방광염은 여성에겐 흔하게 찾아볼 수 있는 질병이고, 나 역시 매우 피곤했던 때 경험했던 적이 있기 때문에 더 그랬다. 나는 화장실을 다녀올 때마다 고개를 갸우뚱하며 불안해하는 엄마를 안심시키며 말했다.

"엄마, 병원에서도 표적 치료 부작용이라고 했다며? 나도 방광염 걸려본 적 있어서 아는데, 그거 항생제 먹으면 금방 낫는다."

말하자면, 일종의 '내가 겪어본 고통'인 데다가 '별것 아니었던 고통'으로 기억에 남았기 때문에 저런 말을 꽤 자신 있게 할 수 있었다. 하지만 엄마는 비뇨기과에서 항생제 주사를 맞고 온 뒤 유난히 힘이 없다고 하더니 자리에 누웠고, 그때까지도 대수롭지 않게 티브이를 보고 있던 나를 다급하게 부르는 언니의 목소리가 들렸다.

"주연아, 따신 물 좀 떠 온나, 빨리!"

나도, 언니도 그토록 덜덜 떠는 사람을 실제로 본 적이 없었다. 나는 스스로를 침착한 사람이라고 생각했고 실제로 침착하게 뜨거운 물을 떠 갔지만, 바람에 흔들리는 잎사귀처럼 떨리는 몸을 주체 못 하고 컵조차 받아들지 못하는 엄마를 보자 점점 이성을 잃을 수밖에 없었다. 나는 119에 전화를 걸고 구급대원이 도착할 때까지 갈피를 잡지 못하고 거실과 방을 왔다 갔다 했다. 구급대원이 도착해 체크한 엄마의 체온은 사십일 도를 넘어가고 있었다. '코로나 19'로 인해 열이 나는 환자를 받아주는 응급실은 찾기 어려웠고, 구급대원이 제발 좀 받아주십사 여러 병원에 전화를 돌리는 와중에 엄마는 기어이 가슴 무너지는 말을 해댔다.

"내 이제 괜찮은 거 같은데. 괜히 내 때문에….'

나 때문에. 이건 내가 하고 싶은 말이었다. 엄마가 암 환자라는 사실을 간과하고 건방지게도 별것 아닌 염증이라는 말을 해댔던 스스로가 어처구니가 없었다. '코로나 19' 검사를 받는 다른 사람들과 함께 대기해도 괜찮겠으면 오라는 어느 병원과 겨우 연결되어, 엄마와 언니는 응급차를 탔다. 나는 동반 가능한 보호자 일 인에서 벗어났다는 이유로, 혹은 배려로, 집에 남겨져서 구급 대원이 뱉었던 '패혈증'을 검색했다. 건강한 사람에겐 아무것도 아닌 염증이라는 게 면역력이 약해진 사람에게, 특히 암 환자에겐 죽음까지 이르게 할 수 있다는 사실을 읽고 또 읽으며 등을 타고 올라오는 소름을 눌러 앉히려 애썼다. 그리고 그날 밤 엄마와 언니가 '코로나 19' 검사자들이 대기하는 병실에 들어갔다는 소식을 듣고 겨우 눈을 붙이며 악몽을 꿨다. 내용도 기억 안 나면서 두려움만 잔뜩 안기는 기분 나쁜 악몽이었지만 나의 오만함이 가져온 결과에 비하면 가벼운 벌이라고 생각했다.

그리하여 또 두려워졌다. 내가 원하지 않더라도 앞으로 살아가면서 '아픔'의 정의가 끊이지 않고 갱신될 것이라는 사실이. 내가 겪은 것들은 아마도 세상에 존재하는 고통의 총량이 있다면 극히 일부에 지나지 않을 거라는 사실에 대한 직면이. 한편으론 그것에 대해 알아갈수록 또 오만해질지도 모를 나 자신이. 아픔을 경험한다는 것의 마지막이 그것으로 인한 성장에 있다면 나는 지금까지의 어떠한 아픔도 소화해내지 못했다는 생각이 든다. 견뎌내는 것에서 그치는 것이 아니라 소화해 내야 하는 지점에 온 것이 아닐까. 부디 아직 늦지 않았길 바랄 뿐이다.

용건 없는 전화

방어적인 태도로 살아가기 때문에 남들로부터 원망을 들은 적이 거의 없는 내가, 유일하게 대놓고 들은 원성이 있다면 "왜 이렇게 연락이 없냐."는 것이다. 그 말은 들을 때마다 나를 곤욕스럽게 만든다. '굳이 왜?'라는 대답밖에는 할 말이 없고, 그렇다고 그 말을 고스란히 뱉기에는 상대방에게 상처가 될 것이 뻔하기 때문이다. '굳이 왜?'라는 의문에 공격적인 의미가 담겨 있는 것은 아니다. 당신이 내게 있어 챙겨 가며 연락해야 할 만큼 가치 있진 않다, 는 뜻도 당연히 아니다. 나는 내게 아무리 소중하고 친밀한 사람이어도 특별히 전할 소식이 있지 않으면 연락하지 않는다. 아니, 하지 않는다는 말도 딱 들어맞진 않는다. 어떤 의도를 갖고 하지 '않는' 것이 아니라, 하지 '못하는' 것도 아니라, 말 그대로 굳이 그래야 할 필요성을 '모르는' 것일 뿐이다. 혹은 어떻게 하면 그토록 친밀한 방식으로 사람을 대할 수 있는지 그 방법을 모른다고 할 수도 있겠다.

이런 기질은 때로 무신경함, 혹은 쌀쌀맞음으로 비치고 진심과는 다르게 상대를 서운하게 만들기도 한다. 실제로 이런 것 때문에 알게 모르게 내 곁을 떠난 인연들도 있었을 것이다. 솔직히 말하면 나는 그것을 어느 정도는 인지하고 있었으나 도무지 내가 해낼 수 있는 다른 방식을 찾을 수 없었다. 오히려 오랜만에 만나서 "연락 좀 하고 살아라."라고 말하는 사람에게는 반감이 생기기까지 했다. 나와 기질적으로 맞지 않는 사람이라 여기고 선을 긋기도 했다. 그렇게 해서 마음이 편해지면 다행이었지만 어떤 이들은 그렇게 살지 말라는 투로 나를 나무랄 때도 있었는데, 그럴 때는 어쩔 수 없이 기가 죽을 수밖에 없었다. 잔뜩 풀이 죽어, '나는 사람을 향한 정이 없거나 타인에게 관심이 없는 게 아닐까.' 하고 자문해보기도 했으나 답은 나오지 않았다. 나는 애정을 가진 대상에 대해 밖으로 말하기보다 속으로 생각하는 부류의 사람일 뿐이다. 표현을 덜 하는 대신 깊게 생각하고 떠올리는 과정에서 마음을 다한다. 그러다가 내 삶에 어떤 유의미한 일이 생기면 평소 생각했던 그 사람들에게 소식을 전하고 싶어진다. 그게 내가 애정을 갖는 사람들에게 하는 연락의 전부이고, 나 자신은 그것으로 충분하다.

　　그렇다면 나는 왜 이 모양일까. 출생과 환경에서 원인을 찾는 일에 어느 정도 신빙성이 있다는 것을 알게 된 뒤로, 나 자신의 어떤 부분에 대해 고민할 때는 우리 가족을 떠올리게 되었다. 아이는 부모의 거울이다. 나는 이 말을 직업적인 경험에서 믿게 되었다. 성인이 되어서까지 그 말이 완전히 유효하다고는 할 수 없겠으나 어느 정도 영향은 남아 있을 수밖에 없다. 그래서 나는 우리 가족끼리의 연락에 대해 기억을 더듬어보았다. 그러는 과정은 솔직히 가슴을 뜨겁기보다는 차갑게 만들었다. 기억이 거의 없었던 것이다. 꽤 오랜 시간 집에서 나와 가족과 떨어져 살았음에도 가족과 '연락'이라는 수단으로 쌓은 추억은 거의 없었다.

떠올리고 싶지 않거나, 떠올린다고 하더라도 가슴이 아플 뿐인 어떤 일도 추억이라고 부를 수 있다면 아예 없는 것은 아니다. 가끔 걸려 오는 엄마의 전화에 받을까 말까 고민하던 기억, 수화기 너머 들려온 소식에 주저앉아 울었던 기억. 그런 기억이라면 분명 존재한다. 우리 가족은 그랬다. 어떤 용건이 있을 때만 전화를 했고 그것은 주로 문자나 카톡 메시지로 전하기 어려운 부류의 말들인 경우가 많았다. 돈을 좀 달라거나, 미안한데 그만한 돈은 없다거나, 그게 아니라면 최근의 경우 엄마가 암에 걸렸다거나 하는 정도. 직접 목소리로 전해야만 오해가 생기지 않는 일들, 나눠 들어야만 감당이 가능한 그런 종류의 일들이었다.

내가 지금 모르는 것처럼 엄마나 아빠도 모르고 있었던 것 같다. 그런 용건이 있는 게 아니라면 어떤 말로 전화를 걸어야 하는

지에 대한 것들을. 위로가 필요할 때 엄마에게 전화한다거나 고민이 생겼을 때 아빠와 함께 상의한다거나 하는 그런 것들을 나는 하나도 몰랐다. 말을 어떻게 떼야 하는지도, 심지어는 그런 식으로 위로와 해결을 얻는 방법이 있다는 것 자체도. 배우거나 경험한 적이 없으니 모르는 것일 테고, 엄마 아빠도 마찬가지일 것이다. 훨씬 긴 세월을 살았더라도 모르는 일은 끝까지 모른다. 하나의 생에서 모든 일을 다 겪을 순 없기 때문이다. 경험의 결여로 인한 무지는 나쁜 일이 아니다. 그렇게 믿고 싶다.

그럼에도 불구하고 변화는 생길 수도 있는 모양이다. 물론 계기가 필요하다. 가족 중 한 사람이 큰 병에 걸리는 것과 같은. 나는 엄마의 유방암 진단 소식을 전해 들은 그 전화 통화 이후로 지난 내 삶을 통튼 것과 거의 맞먹는 빈도의 연락을 아빠와 주고받았다. 시작은 아침 일찍 걸려 왔던 전화 한 통 이었다. 엄마를 보러 고향에 내려갔다가 부산으로 돌아온 뒷 날이었다. 출근길에 걸려온 전화에 '아빠'라는 이름이 떴고, 나는 짧은 찰나에 가슴이 내려앉았다. 그새 무슨 일이 생긴 걸까? 아침부터 엄마에게 문제가 생겼나? 놀란 마음은 내 입으로 고스란히 튀어나왔다.

"아빠? 무슨 일 있나?"

"아이다, 무슨 일은 없고, 어제 잘 갔나 싶어가."

나는 순간 신기하다는 생각을 했다. 아주 사소한 일일지라도 예상치 못한 일을 처음 겪으면 상황에 맞지 않게 신기해지기도 한다는 것을 깨달았다. 아무 일이 없다는 사실에 안도하면서도 마음 한구석이 찜찜했다. 정말 아무 일도 없는데 전화했다고? 진짜로? 이런 말들을 속으로 누르며 아무렇지 않은 듯 대답했다.

"어, 내가 어제 연락하는 걸 까먹었네. 잘 도착해서 지금 출근하려고."

"알긋다. 고생해라."

최대한 평소에도 이런 연락을 주고받았던 것처럼, 아빠의 연락에 전혀 당황하지 않은 것처럼 굴려고 노력했지만 성공하진 못한 것 같았다. 아빠는 서둘러 전화를 끊었고 나도 이미 끊긴 전화를 또 서둘러 끊는 바보 같은 짓을 하고 있었다. 당황스럽고 신기하고, 마음 한구석이 기쁜 것 같기도 하고, 우리 엄마가 진짜 아프구나 싶기도 하고, 혼란스러웠다. 그러다가 문득 최선을 다해 도와주고 싶다는 생각이 들었다. 아빠가 가족에게 닥친 불행을 견디기 위해 이런 안부 연락이 필요하다고 느끼는 중이라면, 혹은 당신이 지금을 견디기 위해 필요한 것이 이런 것이라면, 그렇지 않아도 마음에 들지 않았던 나의 기질을 뜯어고쳐서라도 도와야 마땅하겠구나. 연락 자주 하기. 나는 휴대폰 메모장에 그래도 쑥스러워 대상을 빼놓고 덜 완성된 문장을 적어 넣었다.

하지만 역시 쉬운 일은 아니다. 나는 여전히 전화를 거는 쪽이라기보다는 받는 쪽이다. 너무 어렵고 어렵다. 용건 없이 어떤 말을 어떻게 꺼내서 어떤 방식으로 끝맺어야 하는지. 나랑 똑같이 어려울 거면서 아빠는 대단하게도 노력 중이다. 아빠는 서울에서 치료 중인 엄마에게 매일 저녁 전화를 건다. 밥은 먹었냐, 몸은 어떠냐, 굳이 다른 용건이 없는데도. 출근해 있는 나에게도 가끔 점심시간에 전화를 건다. 나는 전보다 아빠의 목소리를 자주 듣는다. 아빠의 말투가 이랬나, 싶을 때도 있고 아빠가 이런 말도 할 줄 아는 사람이었나, 싶을 때도 있다. 나는 아직도 방법을 모르고 모른다는 그 사실에 가슴이 무너질 때도 있지만 노력해야 한다는 사실을 알고 있다. 이것은 물론 나를 위한 것이기도 하다.

뱉지 못하는 질문

대학생 때는 분기마다 한 번씩 가족에게로 갔다. 그마저도 명절 연휴가 대목인 호프집 아르바이트를 할 땐 대타를 구할 수 없다는 핑계로 네 번은 가야 할 것을 한두 번으로 줄였다. 가족에게 느껴야 마땅할 친밀감이 날이 갈수록 멀어진 것이 그 결과인지 원인인지는 잘 모르겠다. 나는 아무 일 없이 엄마에게 전화 걸어 조잘거리는 딸일 수가 없었고 여대생이 홀로 감당하기 힘든 사회적 문제에 부딪혔을 때도 마음이 와장창 깨져버려 엉엉 울어댈지언정 가족을 찾진 않았다. 슬픔이나 분노, 절망을 공유하고 이럴 땐 어떡해야 하냐 물을 부모가 없는 셈 살았다고 해도 과언이 아니겠다. 누가 그러라고 한 적은 없었으나 그래야 할 것으로 생각하며 지냈다. 기숙사비를 낼 돈이 없다는 그 사실보다 돈이 없는데 어떡하냐는 엄마의 목소리를 듣는 것이 더 절망스러웠고 그럴 때마다 내게 있어 죄인은 항상 나 자신이었기 때문이다.

심지어 기쁜 일이 있을 때도 마찬가지였다. 학점을 잘 받았다는 둥, 장학금을 받게 되었다는 둥, 어느 교수님께 칭찬을 들었다는 둥 성인답진 않으나 자식다울 수는 있는 자랑거리들은 엄마 아빠 대신 언니에게 전해졌다. 그러면 언니는 빠트리지 않고 이런 말을 했다.

우와! 엄마 아빠한테도 말해줄게!

언니는 내가 무심함 속에 숨겨 둔 은근한 기대를 알았던 것이 분명하다. 그러곤 엄마 아빠의 반응을 내게 전달하는 것도 언니의 몫이었다. 나는 별 상관없는 척하면서도 텍스트로 전해오는 자랑스러움에 만족했다. '아빠 기분 좋은가 봐!' 하는 말이 가슴을 부풀어 오르게 했다. 당시의 내 일상에서 분명한 기쁨을 느낄 수 있는 얼마 안 되는 순간 중 하나였다. 좋은가 봐, 그 명료하지도 않은 추측에 좌우되는 나의 동심이 불쌍해 또 우울에 빠지는 병적인 자기연민을 겪으면서도.

가족에게 방문하는 날은 마음이 갈피를 못 잡을 때가 많았다. 낯선 여행길마냥 불편하기도 하고 한편으론 설레기도 하는 마음이 혼란스러워 자주 멀미를 했다. 두 시간가량 버스 안에서 흔들린 뒤 터미널에 내리면 늘 아빠의 파란 트럭이 마중 나와 있었다. "다녀왔습니다." 하는 어색하기 짝이 없는 인사를 툭 던지고 높은 좌석에 앉으면 큼, 하는 아빠의 헛기침 소리가 들렸다. 엄마는 적극성이라곤 없이 내 쪽으로 고개를 반만큼만 돌리며 물었다.

"오늘은 멀미 안 하드나?"

그러는 동안 시선은 만나지 않았고 꼬불꼬불한 시골길을 따라 내내 흔들렸다. 멀미를 하지 않을 수 없었다. 나는 울렁이는 속을 고스란히 느끼면서 정리되지 않은 말들을 아무거나 던졌다. 나름대로 온 힘을 다해 자식이고 싶어 버둥대는 것이었다. 그것마저 실패하면 오늘은 멀미가 심하네, 하며 입을 꾹 다물어 버렸다.

시골집에는 작은 마루 하나, 부엌 하나, 안방 하나, 언니와 내가 자는 방이 하나 있었다. 부엌의 왼쪽으로 문을 열고 나가면 욕실이 있었고, 납작한 디딤돌로 길을 낸 마당을 가로질러 가면 푸세식 화장실이 있었다. 마당 한 켠엔 커다란 앵두나무와 감나무가 앞뒤로 서 있었다. 푸세식 화장실에서 풍겨오는 찌린내나 맷돌, 절구 같은 것들이 놓인 배경은 모두 익숙함으로 한 번 덧칠한 것처럼 무채색이었다. 집 뒤쪽으로는 지하수를 받아놓고 사용하는 물탱크 같은 것이 있었는데 뱀이 자주 나왔기 때문에 잘 가지 않았다. 춥거나 눅눅한 느낌이 대부분인 그 집은 다 커서 성인이 된 딸자식이 가족들과 몸을 부대끼며 살기에는 여기저기 문제가 많았다. 조금이라도 오래 앉아 있으면 온몸 가득 냄새가 배는 화장실과 벽돌 한 겹만큼의 추위밖에 막지 못하는 욕실은 그렇다 쳐도 멀미 난 마음을 감출 수 없는 작은 방이 가장 괴로웠다. 언니와 함께 잠을 자야 하기 때문에 혼자일 수도 없는 그 방은 문이라고 할 것이 없어 뻥 뚫려 있었기 때문이다.

한 명의 예외도 없이 모두가 순식간에 식사를 끝마치는 밥상에서, 그중에서도 가장 빨리 일어나는 건 주로 나, 가끔은 언니였다. 나는 십 분이 채 안 되는 그 짧은 시간이 끝나기가 무섭게 작은 방의 구석진 자리로 몸을 구기고 들어갔다. 문지방 너머 안방에서 조용히 수저가 부딪히는 소리, 틀어놓은 티브이 소리를 한 귀로 흘리며 휴대폰을 만지곤 했다. 집이 아닌 다른 곳의 이야기에 몰두하며 시간을 보내는 것이 마음이 더 편했다. 이러려고 온 건 아닌데, 뭔가 이야기라도 나누어야 할 텐데, 하면서도 좀처럼 구석을 벗어날 수 없었다. 서로의 존재를 인식하고는 있다는 것을 어긋나는 시선으로, 어색한 기색으로만 느꼈다.

엄마는 그렇게 온종일 구겨진 딸을 느끼고 있으면서도 변함없이 말간 얼굴에 흐릿한 눈빛을 하곤 설거지를 했다. 하지만 가끔, 아주 가끔 기척도 없이 다가와 문지방을 기웃거렸다. 그러다 슬쩍 내 눈치를 보곤 맥락 없고 의미도 없는 질문을 던졌다. "언제 가냐."는 것 같은. 나는 그럴 때마다 궁금해서 견딜 수가 없었다. 엄마는 왜 어떻게 지내고 있냐 묻지 않을까. 공부는 잘하고 있는지, 아르바이트는 힘들지 않은지, 그때 그 기숙사비는 어떻게 해결했

느지, 같은 것들이 궁금하지 않은 걸까. 나는 신경이 온통 그 생각에 가 있었으므로 대충 대답했다. "내일 가야지." 나의 의문과 원망은 다분히 의도적으로 엄마에게 전해졌을 것이다.

그렇기 때문에 나는, 엄마가 누워 있는 방문을 조심스레 열어 기웃거리면서 그 장면들이 생각나 멀미가 날 것만 같았다. 엄마는 항암 치료를 시작한 뒤 빠르면 저녁 여덟 시, 늦어도 밤 열 시가 되기 전에 자리를 잡고 누웠다. 보통 날엔 함께 거실에 있다 암 환자는 면역력이 중요하지, 잘 자야 면역력이 오른다, 하며 엄마를 들여보냈다. 그러다 그런 한 마디를 덧붙이는 것을 놓친 날엔 괜스레 잠든 줄 알면서도 방문을 열어보고 싶어지는 것이었다. 기척 없이, 조심스럽게 기웃거리고 있으면 잠에 덜 든 엄마가 가만히 고개를 들었다. 낡은 갈색 뿔테 안경 너머 흐릿했던 엄마의 시선은 암 투병을 시작한 뒤 오히려 또렷해질 때가 있었다. 나는 사실 그런 또렷함이 자주 두려웠다. 그것이 처음부터 없었던 것이 아니라 내가 못 봤던 것이 아닐까 하는 마음에.

"엄마, 자나?"

"이제 잘라꼬."

"응, 잘 자."

엄마, 언제부터 그렇게 눈동자가 선명했지? 사실 묻고 싶은 것은 그것이었다. 그뿐일까. 엄마, 엄마 목 아픈 거 그거, 암이 점점 커져 가는 건 아니겠지? 엄마, 이번 항암이 정말 끝인 거겠지? 엄마, 우리 언젠가 좋은 날 좋은 데 구경 갈 수 있겠지? 엄마가 가고 싶다는 경주나 제주도, 같이 갈 수 있겠지? 정말로 그런 날이 오겠지?

꼭 나처럼 방문가에서 딸을 내려다봤던 엄마의 목소리랑 지금 나의 목소리가 닮아 있었던가. 어쩌면 엄마는 저런 질문들을 다 삼키느라 병이 생긴 건 아닐까. 아마 그럴 것이다. 밖으로 뱉지 못하는 질문에 아픈 건 네가 아니라 나라는 걸, 내가 아니라 엄마라는 걸 진작 알았으면 좋았을 텐데. 짧은 대화 뒤에 닫히는 방문 소리는 유난히도 크다.

투병의 역설

나는 언제부터 나였을까. 바보 같아 보일 수 있는 이런 질문은 새삼스럽게 존재를 인식한 사람들에겐 의미가 깊다. 나는 나로 살아왔으나 사실 대부분의 시간은 '나'로 살기보다 나로 '살기 위해' 발버둥 치던 시간일 뿐이었다. 내가 무엇을 좋아하는지, 어떤 것을 할 때 기분이 좋은지, 무엇이 나를 화나게 하는지를 알기 시작한 건 굉장히 최근의 일이다. 나는 그 최근의 시점부터 나에 대해 알아가며 '나'이기 시작했다. 그리고 그 시점은 안정적이라는 직장을 갖게 되고 더 이상 내일 먹을 끼니를 걱정하지 않아도 됐을 때와 시기를 같이한다. 그렇다고 이제 먹고살 만하니 나에 대해 알아볼까, 작정하고 시작한 일은 아니었다. 숨을 죄어왔던 문제가 해결되고 나자 자연스럽게 많은 사실을 깨닫게 된 쪽에 가깝다. 아, 나는 사실 요리를 못하지 않는 사람이었구나. 잘 마시지도 못하는 알코올과 카페인을 들이붓던 자학의 시절엔 거들떠보지도 않았던 고상한 종류의 차들이, 사실은 내 입맛에 맞는 것이었구나. 이런 시시콜콜한 것들을 자연스럽게 깨달으며 인식한 순간엔 행복을 느끼기보다 허탈해졌다. 이다지도 아무런 노력 없이, 꽤나 쉽게, 그저 늘 해오던 삶에 대한 걱정만 조금 덜어져도 알게 되는 것들이었다니. 살아가는 데 전부인 줄 알았던 먹고사는 문제가 해결되고 나서야 찾아온 존재들은, 지난 나의 삶이 많은 것을 놓치며 살아왔다고 말하고 있었다. 당시엔 주방에서 요리하기보다 편의점에서 때우는 음식이 여러모로 합리적일 수밖에 없었으며, 카페인으로 하루의 대부분을 깨어 있지 않은 이상 견디지 못할 수많은 일이 있었던 것이 사실임에도 불구하고.

사실 나는 가족을 사랑하고 있다. 이것 역시 그러한 종류의 사실이다. 이제야 깨달은 일 중 하나. 누구나 응당 그래야 하므로 나 또한 그럴 것이라고 짐작하는 것과 정말로 그랬구나, 깨닫는 것은 비슷할 수도 없는 일이다. 나는 가족을 사랑하는 사람이었다. 그것도 아주 깊이, 아주 많이. 이런 깨달음은 가슴 아픈 방식으로 찾아왔다. 몸속에 자란 암이 엄마를 괴롭히는 상상을 하고, 그런 엄마 때문에 뒤늦은 후회를 하는 아빠를 떠올리고, 희생의 연속에서 억울함을 집어삼키는 언니를 생각하면 속절없이 가슴에 통증이 왔다. 그러다 보니 깨달아진 것이다. 나는 가족을 사랑한다. 나 혼자 저절로 잘나게 살아온 줄 알았는데, 나는 이 사람들이 없으면 어떻게 될지 모르겠다. 이제야 나는 딸인 것 같다. 내가 나인 줄도 모르고 살았던 시절에서 가장 크게 상실했던 것은 바로 이것이 아니었을까. 나는 딸이지만 딸인 줄 모르고 살았다.

엄마는 언제부터 엄마였을까. 그런 생각이 들었다. 엄마의 삶에서 엄마를 깨닫게 된 것은 언제부터였을까. 그런 시간들이 찾아오기는 했을까. 엄마는 요즘 들어 무언가를 먹고 싶다거나 하고 싶다거나 가고 싶다는 이야기를 종종 했다. 전에는 들어보지 못했던 말들이었다. 식탁 한구석 아주 자그마한 그릇에 당신이 좋아하는 반찬을 따로 담는 것만으로 자기주장을 하던 엄마가 취향의 이야기를 한다는 것은 낯선 일이었다. 엄마는 비로소 당신을 깨닫기 시작한 것일까. 그럴 때 금액을 생각하지 않고 음식을 준비하고, 가고 싶은 곳이 어디든 함께 가자는 말이 바람이 아니라 다짐으로 입 밖에 나왔다. 그러면 또 그새 먼지 앉은 존재가 느껴졌다. 어쩌면 처음부터 내 안에 쭉 존재했던. 엄마가 행복했으면 좋겠다, 비로소 이런 생각을 진심으로 하는 딸이라는 존재 말이다.

가족과 함께 지내기 시작하고 한동안은 적응이 되지 않아 몸과 마음으로 뒤척이는 시간이 길었다. 여럿이서 먹는 저녁 식사가 어색했고, 벽 너머로 들려오는 티브이 소리가 거슬렸다. 하루의 패턴을 온전히 내 맘대로 정할 수 없다는 사실 자체가 낯설었다고 할 수 있겠다. 오랜 자취 생활 동안 밥이란 굳이 끼니를 따지지 않고 배고플 때 먹는 것이었는데, 배가 고프지도 않은데 오직 시간이 다 되었다는 이유만으로 다 같이 식사를 하자니 속이 내내 더 부룩한 것 같기도 했다. 그렇다고 불편한 티를 낼 수나 있을까. 내가 왠지 이곳의 이방인 같다는 사실을 잊기 위해선 삐걱거리면서도 어색한 심정을 토로해선 안 됐다. 무언가를 들키지 않기 위해 신경을 쏟는 일은 많은 에너지가 필요하다. 나는 그 짧은 시간 동안 방전되기 일쑤였고, 그렇게 에너지를 쏟고 나선 단 한두 시간만이라도 익숙한 정적 속에서 보내고 싶어졌다. 지난 몇 년간 기운을 차리기 위해 그랬던 것처럼 온전히 홀로, 무의미하지만 필연적으로 보내는 시간이 필요했던 것이다.

하지만 엄마는 그런 생활 패턴을 겪어본 적이 없는 사람이었다. 누군가에게 혼자 보내는 시간이 필요하다는 사실을, 그것이 기억 속에 어렸던 모습으로 멈춰 있는 딸의 이야기라면 더 모를 수밖에 없었다. 도로에서도 샛길로 한참을 내려가야 집이 세 채가 달랑 있는 지리적인 환경과 가난으로 고립된 채 지내야 했던 시절 속에 수십 년을 보낸 엄마로서는 사람에 치여 혼자 있고 싶다는 생각 자체가 다른 세상의 것이었는지도 모른다. 하지만 어쨌든 나는 혼자 있는 시간이 무척이나 필요한 사람으로 자라났으므로 그런 부분에 있어 타협이 필요했다. 혼자만의 시간을 보내고자 방 안으로 들어갔을 때 엄마가 이름을 부르기라도 하면 왈칵 신경

질이 올라왔던 것이다. 난 지금까지 늘 그랬듯 많은 것을 바라지 않고, 온전히 홀로 있는 단 몇 시간이 필요할 뿐인데, 하는 조금은 과민한 억울함까지. 그래서 엄마에게 선언하는 방법을 택했다. 엄마, 내가 방 안에 들어가면 날 찾지도 말고 부르지도 마. 엄마는 입을 삐죽이며 긍정도 부정도 하지 않고 티브이만 바라봤다.

한 귀로 듣고 흘리는 듯했던 모양새였으나 엄마는 그런 나의 선언을 흘린 것은 맞지만 반쯤은 주워 담았던 모양이었다. 얼마 뒤 주말 오후, 점심을 가족과 함께 먹은 후 일주일간 쌓인 피로의 해소가 간절히 필요했을 때, 나는 방으로 들어가 불도 켜지 않고 휴대폰을 뒤적였다. 여전히 벽 너머에서는 티브이에서 흘러나오는 트로트가 가사를 알아듣지 못할 정도의 음량으로 들려왔다. 이런 소음 정도는 이제 들어넘길 만했다. 앞으로 딱 두세 시간만 아무도 나를 찾지 않았으면, 하는 마음으로 나만을 위한 휴식을 취했다. 그러다 살풋 잠이 들었던 것 같다. 이제는 오후의 낮잠이 포근하다기보다 찌뿌둥해졌구나, 하는 조금 웃긴 생각을 몽롱하게 하면서 휴대폰을 확인했다. 생각보다 오랜 시간이 지나 있었고, 쌓인 메시지의 목록에서 엄마를 확인하는 순간 의아한 마음이 들었다. 벽 하나 두고 같은 공간에 있으면서 웬 메시지를 보냈을까. 그 사이에 엄마가 몸도 좋지 않으면서 어딜 나갔나? 메시지를 확인하는데 곧 실없는 웃음이 나왔다.

주연아 빨래 걷는 것 좀 도와줄래

물음표가 생략된 엄마 특유의 딱딱한 메시지였으나 화면을 뚫고 머뭇거림이 느껴질 정도로 조심스러운 낌새였다. 신경질을 겨우 억누르며 혼자 있는 시간을 존중해달라던 딸의 모습이 생각나서 고작 벽 하나 너머에 있는 나를 부르지도 못하고 메시지를 보낸 것이다. 그리고 보니 살풋 섬유 유연제 향기가 나는 것 같았다. 빨래를 널자니 그전에 널어둔 빨래를 걷어 자리를 만들어야 했던 모양이었다. 메시지를 보낸 엄마가 귀여웠다가, 왠지 모르게 뒷목을 뻐근하게 만드는 죄책감에 기분이 가라앉았다가, 괜스레 눈을 비비며 방 밖으로 나가니 천천히 빨래를 개고 있는 엄마의 민둥한 뒤통수가 보였다. 엄마, 왜 부르질 않고 문자를 보내고 그러노. 괜히 대답을 아는 물음을 하며 슬그머니 맞은편에 앉았다. 머리를 밀고 나서 종종 그랬던 것처럼 배시시 웃는 엄마의 얼굴은 어린아이 같았다. 장난스러워 보이기도 했고, 어렸을 적 엄마가 벽에 걸어두었던 달력 속의 동자승과 닮아 있기도 했다.

"니 안에서 쉬고 있을까 봐 안 그랬나."

내게 말을 건네는 엄마는 주로 나를 바라보지 않는다. 그건 나도 마찬가지였다.

"엄마, 팬티는 이런 식으로 개야 안 풀어진다."

나름 자취를 하며 익힌 노하우 대로 팬티를 개어 보였다. 엄마는 손을 멈추고 내가 팬티를 개는 모양새를 유심히도 바라봤다. 아주 중요한 사실을 배우게 되었다는 듯이. 그러곤 똑같이 개어 보이는 엄마에게 그래, 그렇게, 라고 추임새를 넣어주며 대결이라도 하듯 빨래를 개기 시작했다.

　"내가 엄마보다 빨리 갤 수 있다."

　짐짓 으름장을 놓는 나를 보더니 엄마의 손놀림도 빨라지기 시작했다. 진지한 표정의 엄마를 보고 있자니 자꾸만 스물스물 웃음이 삐져나왔다. 엄마, 빨래 개는 게 재밌을 때도 있네. 그런 말을 차마 하지 못하고 속으로만 삼켰다. 엄마랑 마주 보고 앉아 빨래를 갰던 일이 전에도 있었던가. 내가 채 기억하지 못하는 아주 어렸을 때라도. 이런 적이 있었을까. 지금 내가 무언가 평범한 딸인 것 같다는 생각이 드는데, 엄마도 당신이 엄마 같다는 생각을 하고 있을까. 엄마와 내가 같은 생각을 하고 있으면 좋겠다는 마음이 들었다. 이런 순간을 늦게 알게 된 만큼 오래도록 간직하고 싶다는 생각도. 그럴 수 있다면 꽤 많은 것들, 예를 들면 내 삶을 사는 데 간절한 홀로 있는 시간을 포기할 수도 있겠다고 느꼈고, 이것이 사랑이구나 하는 생각까지 하게 되었을 때, 무서운 속도로 줄어들던 빨래는 동이 났다. 빨래야 다시 하면 될 테지. 반드시 그래야만 한다.

내가 엄마라는 상상

　사람들은 암이라는 병에 대해 잘 모른다. 아마 막연하게 '고치기 어려운 병' 정도로 생각하고 있을 확률이 높다. 나 역시 그 한 글자 앞에서 덜컥 겁만 집어먹을 뿐 자세한 것은 아무것도 모르는 사람이었다. 엄마가 유방암이라는 소식을 처음 들었을 때 며칠 동안 잠을 줄여 가며 노트북 앞에 앉아 있었던 것도 정보를 얻기 위해서였다. 가장 많은 도움이 되었던 것은 유방암 환자와 가족들이 가입해 있는 인터넷 카페였다. 그곳에는 우리 엄마보다 상황이 나은 사람, 비슷하지만 결국엔 이겨내고 있는 사람, 비할 수 없을 정도로 절망적인 상황에 놓여 있는 사람들이 모두 있었다. 나는 그들의 상황과 엄마를 비교해가며 가끔 건져 올릴 수 있는 안도를 찾기 위해 발버둥 쳤다. 사실 내가 늦은 밤까지 노트북을 붙들고 찾아 헤맸던 것은 정보라기보다 그 한 가닥의 안도가 아니었을까. 그런 생각이 들면 스스로의 나약함과 비겁함이 너무나도 명백해지는 것 같아 괴롭기도 했다.

활자로 습득하는 정보와는 별개로 투병 과정을 직접 지켜보고 나서야 알게 되는 사실, 느끼는 감정들은 전혀 다른 차원의 것이었다. 암은 짐작했던 것보다 훨씬 무섭고 절망스러운 병이었다. 많은 이유가 있겠으나 가장 처음 느꼈던 모순은 치료 과정에서 사람이 죽어간다는 것이었다. 항암 치료는 쉽게 말해 나쁜 세포를 죽이기 위해 좋은 세포까지 한꺼번에 죽이게 된다. 요즘은 좋은 세포를 덜 괴롭히고 나쁜 세포를 골라 죽이는 표적 치료라는 것이 개발되었지만, 그것이 적용될 수 있는 암의 종류는 아직까지 많지 않다. 엄마는 불행 중 다행으로 표적 치료가 가능한 허투Her2 양성 유방암 판정을 받았다. 하지만 항암 치료는 어찌 되었든 병행되어야 하는 것이었고, 엄마는 항암 치료와 표적 치료를 견뎌내는 동안 서 있거나 앉아 있는 시간보다 누워 있는 시간이 더 길어지게 되었다.

딸로서 가장 두려웠던 항암 치료 부작용은 오심과 구토였다. 암 환자는 면역력이 가장 중요하다. 면역력 수치가 정상범위에 유지되어야 계속된 치료가 가능함은 물론이고, 면역력이 약해진다면 생각하기조차 싫은 합병증의 위험이 커지기 때문이다. 그 면역력을 지키기 위해 무엇보다 중요한 것이 종류를 가리지 않고 잘 챙겨 먹는 것이고, 오심과 구토는 살기 위해 먹는 것마저 힘들게 할 것이 분명했다. 다행히 엄마는 맛이 느껴지지 않는다면서도 최선을 다해 먹었다. 먹을 수는 있었다. 사람마다 다르게 나타난다더니 엄마의 부작용은 오심이나 구토는 아닌 모양이었다. 그것들 대신 찾아온 것은 근육통이었다. 엄마는 항암 사오일 차에 찾아오는 엄청난 근육통에 대답도 잘하지 못하는 때도 있었다. 그 옆에서 살가운 말 한마디 못 붙이고 속으로만 허둥대던 나는 그래도 차라리 근육통이 낫다고 생각했다. 병을 이겨내는 데 근본적으로 더 안 좋은 것이 잘 먹지 못하는 것이라 생각했기 때문이기도 하지만, 그렇게 잘 먹던 엄마가 먹을 것을 삼키지 못하는 모습을 보는 일은 상상도 하기 싫었다.

여기까지만 해도 충분했을 이 병이 무서운 더 큰 이유는, 4기쯤이 되면 완전한 치유가 없다는 데 있다. 그리고 그 사실을 모든 환자와 가족들이 머리로는 알고 있으면서 '우리는 아닐 것이다.'라는 희망을 품게끔 가끔의 기적이 찾아온다는 데 있다. 엄마는 비록 아홉 차례의 항암과 표적 치료를 버티며 살이 많이 빠졌지만 그래도 큰 고비 없이 잘 견뎌내었다. 아니, 어쩌면 잘 견뎌내었다고 표현하면 안 될지도 모른다. 이제 항암 치료를 그만두고 수술을 해보자는 의사의 말에 엄마가 얼마나 기뻤을지는 감히 상상할 수 없다. 수술 뒤에도 표적 치료는 평생 계속되어야 하지만, 표적 치료는 항암 치료에 비하면 부작용이 현저히 적은 편이다. 엄마는 삼 주 단위로 이어지는 그 끔찍한 항암의 과정을 그만할 수도 있

겠다는 생각에 설레고 기뻤을 것이다. 나는 어쩌면 '가끔의 기적'
이 우리 가족에게 찾아온 게 아닐까 하는 생각을 하기도 했다. 처
음 4기 진단을 받았던 당시 수술이 불가하다는 말을 들었던 엄마
의 상태에 비하면 수술이 가능할 만큼 암 덩어리가 줄어들었다는
것은 기적을 착각하게 만들기에 충분했다. 신이 그렇게나 무심하
지는 않다는, 흔히 뱉곤 했던 말에 모든 것을 걸고 싶어졌다.

유방암 수술에 생각보다 적은 시간이 소요된다는 것은 감사하
면서도 허무한 일이었다. 그동안 삼 주에 한 번씩 항암 치료를 하
며 버텨왔던 시간에 비하면 한 시간 남짓한 수술 시간은 너무나도
빨리 지나갔다. 연가를 쓰고 서울에 올라갔으나 결국 미뤄진 일정
에 수술이 마칠 때까지 곁에 있지 못했던 나는, 내려오는 기차 안
에서 수술이 시작되었다는 소식과 끝났다는 소식을 모두 들었다.
엄마는 잘 버텨주었다고 했다. 종교가 없었지만 하늘에 감사의 인
사를 올렸다. 아무런 잘못 없이, 과욕 없이, 심지어 누리는 것도
없이 살아온 엄마에게 이 정도 시련이었으면 충분하다는 생각이
들었다. 그래서 나는 이대로 다 잘될 것이라는 확신을 가지기 시
작했다. 그 말로만 듣던 기적이 우리 가족에게 찾아온 게 아닐까.
그렇게 매일 같이 드나들던 유방암 카페도 잘 살펴보지 않게 되
고, 엄마가 암 환자라는 사실 자체에 대한 실감이 조금씩 무뎌졌

다. 일상으로 돌아가는 듯했다.

수술을 하고 보니 사실은 암이 두 종류였더라는 소식을 듣고도 크게 개의치 않기는 마찬가지였다. 허투 양성인 줄로만 알았는데 떼어낸 가슴에서 호르몬 양성의 암 조직이 발견된 것이다. 물론 두려운 소식이었지만 이미 기적에 대한 믿음으로 부풀어 오른 마음은 쉽게 사그라지지 않았다. 이제 엄마가 거칠 과정은 스물다섯 차례의 방사선 치료와 평생 이어가야 할 표적 치료였지만, 이 기세로 간다면 언젠가는 모든 치료를 쉴 수 있게 되지 않을까, 그틈을 타 엄마가 가고 싶어 하는 경주라든가 제주도에 가족 여행을 갈 수도 있지 않을까, 언니와 단둘이 갔다가 엄마 생각이 참 많이도 났던 외국의 어느 나라에 데리고 갈 수도 있지 않을까 하는 마음 같은 것들. 그런 마음들은 사그라지기가 참 어려운 종류의 것이었다.

진정시키기 어려울 정도로 부풀어 올랐던 마음은 일이 잘못되었을 땐 가장 먼저 의심받기 쉽다. 섣불렀던 그 기대가 화를 불러온 것은 아닐까, 하는 의심. 탓할 것을 찾지 못해 겨우 끄집어낸 것이 나의 그 조급한 상상들이었다. 엄마의 전이 소식을 들었을 때, 모든 일은 서두르면 그르친다는데, 내가 그렇게나 서둘러 행복한 상상을 해서 이렇게 된 것 같다는 생각을 했다. 방사선 치료

중 추이를 보기 위해 찍은 시티 검사에서 발견된 폐 위의 반짝이는 점들을 의사는 '폐 전이'라고 단정 지었다. 나는 그 소식을 오랜만에 만난 연인과의 데이트 중에 듣곤 주위의 시끌벅적함이 일순간 조용해지는 경험을 했다. 믿기가 어려웠다. 기적이 일어났다고 생각했는데 수술을 끝마친 지 겨우 삼 개월 만에 폐 전이라니. 표정을 살피며 무슨 일이냐 묻는 연인에게 지금은 묻지 말아 달라는 말을 했다. 생각과 마음을 정리할 시간이 필요했다. 아무리 생각해도 너무 가혹한 것 같았다. 우리 엄마가, 그 바보 같이 힘들게만 살아온 사람이 뭘 어쨌길래. 하늘에 감사했던 게 불과 삼 개월 전이지만, 나는 금세 마음을 바꿔 하늘을 원망하고 있었다. 그와 동시에 눈에 들어오는 시끌벅적한 번화가의 풍경들은 나를 죄인으로 만들었다. 내가 지금 이러고 있어도 되는 걸까, 하는 수없이 묻고 또 물었던 질문들이 다시 시작되고 있었다.

암세포는 흔한 표현으로 먼지와 같아서 완전히 사라질 수 없다고 했다. 한번 암 환자인 사람은 평생 (잠재적) 암 환자다. 늘 조심해야 하며 정기적인 추적 관찰을 게을리해선 안 된다. 특히나 4기인 암 환자에게 전이란 언제 일어날지 모르는, 잔인하지만 일반적인 일이라는 것은 이미 알고 있는 사실이었다. 그런데 우리 엄마는 아닐 줄 알았다. 나는 소식을 전한 언니에게 "엄마는 어떻게 하고 있노?"라고 물었다. 이제 방사선 치료도 끝을 향해 달려가는 시점에서, 표적 치료만을 하며 전보다는 괴롭지 않게 지낼 날들만을 손꼽아 기다리며 버텨왔을 엄마가 얼마나 절망스러울지 걱정이 앞섰다. 어쩌면 나의 때 이른 기대들보다 더 큰 기대를 품고 있었을 엄마의 슬픔을 어찌해야 할까. 엄마는 다시 항암을 시작해야한다는 담당의에게 이런 말을 했다고 했다.

"그거를 다시 버틸 수 있을지……."

내가 엄마라는 상상을 잠시 해보았다. 나를 살리고도 죽이는 치료들에 기력이 없어 바닥에 가만 누워 있다. 좋아하는 트로트 프로그램을 본다거나 아무 생각 없이 즐기기 좋은 색깔 칠하기 게임을 하고 있다. 그런데 그런 와중에도 내 몸속에 나를 죽이는 무언가 자라고 있다는 생각이 든다. 밥을 먹을 때도, 걸을 때도, 심지어 치료를 받는 와중에도, 숨을 쉬고 있는 중에도, 암이라는 것이 나를 갉아먹고 있다는 생각이 든다. 끝났다고 생각했는데 그것이 내 안에서 이리저리 떠다니며 결국 다른 곳에 터를 잡았다. 매분 매초가 무서울 것 같다. 그 무서울 것 같다는 생각이 들자마자 실제의 내가 무서워졌다. 엄마가 무서워하고 있다면 어떡하지. 엄마가 포기하고 싶어 하면 어떡하지. 그런 순간이 엄마에게 와 버리면 어떡하지. 엄마가 아무런 공포도, 아픔도, 슬픔도 느끼지 않았으면 좋겠다는 어린애 같은 생각을 했다. 그러다가 진짜 어린애였을 때로 돌아가고, 그때의 엄마로 돌아갔으면 좋겠다는 생각을 태어나서 처음 했다. 젊고 건강한 엄마가 고작 내 말 한마디에 아무 걱정 없는 듯 웃어주었던 때로.

03

함부로 하는

동정

불행이라 생각했던 것들을 버리고,
_____

어쩌면 지나치게 노력했던 것도 버리고,
_____

남아 있는 미련을 버리고,
_____

무엇보다 나를 살렸던 연민을 버리기로 했다.
_____

_____

_____

_____

천천히 자라도 되는 줄 알았더라면

문득 나 자신에게 저지른 잘못을 고백하고 싶다는 생각이 들었다. 동시에 그러기 위해선 어디까지 거슬러 올라가야 하는지 모르겠다는 막연함이 하얀 그릇에 예쁘게 담긴 닭백숙을 배경으로 떠올랐다. 닭백숙의 뽀얀 살결에서 피어오르는 김이 내 눈앞을 어찌나 막막하게 만들었던지.

한참이나 비가 오다 그쳐 오히려 더워진 주말이었다. 직업의 특성상 늘 있는 주말 근무를 마치고, 후배의 초대를 받아 함께 다녔던 대학교 앞의 어느 원룸을 찾아갔다. 처음 하는 방문은 아니었지만 어느새 바뀐 풍경이 찾아가는 길을 낯설게 만들었다. 예전엔 가로등 불빛 하나 없어 발걸음을 재촉하게 만들던 골목이었는데, 지금은 자동차까지 이 차선으로 통과할 수 있을 정도로 탁 트인 도로가 되었다. 오는 길에 과자점에서 산 디저트를 손에 달랑 들고 기억을 더듬어 원룸 앞에 도착했다. 초인종을 누르고 문이 열리길 기다리는 마음이 제법 반가웠다. 나보다 다섯 살이나 어린, 이제 갓 이십 대 중반에 접어든 후배에게 저녁 식사를 초대받은 것은 어제의 일이었다.

죄스러운 나날의 연속이었다. 가족 중 누군가 병마와 싸우고 있고, 그 절대적인 축을 중심으로 나머지 가족들의 일상이 돌아가는. 나는 직장 생활을 한다는 이유로 그 중력에서 살짝 벗어난 자유를 누릴 수 있었다. 그 사실은 늘 내 마음을 불편하게 만들었고 일상에서 몇 퍼센트의 웃음은 사라질 수밖에 없었다. 그렇게 여유가 있을 땐 무조건 가족과 함께했으며, 그렇지 않을 때는 오로지 집 안에 틀어박혀 소가 여물을 씹듯 생각의 되새김질을 반복하면서 시간을 죽였다. 그러다 보니 자연스럽게 얼굴 한번 보자는 주위 사람들의 권유를 사양하는 일이 많았다. 그러기를 몇 개월, 사람들과 어울리는 것을 아주 좋아하진 않아도 외로움에 예민한 성격이다 보니 혼자 하는 사유가 한계에 달해 결국엔 대화와 만남이 그리워지게 되었다. 그때 후배에게서 연락이 왔다.

> 언니~ 우리 집에 와서 저녁 먹지 않을래요?

한결같은 발랄한 이모티콘에 시선이 머물러 웃음이 먼저 나왔다. 선뜻 그러자고 답장을 하지 못하고 잠시 망설였으나, 저녁 한 끼쯤 뭐 어때, 그러자고 답장을 보냈다. 내 대학 생활에서 유일했던 대외활동인 모 대기업의 봉사활동 프로그램에서 만난 후배였다. 그때의 나는 복수전공 때문에 최고학년인 사 학년을 넘어 오학년째 학교에 다니고 있었고 후배는 갓 대학교에 입학한 스무 살의 새내기였다. 그때 후배의 눈에 내가 얼마나 왕언니 같아 보였는지는 삼 주간의 대외활동이 다 끝난 다음에야 알았다. 나 역시 은연중에 팀의 최고령 여자 멤버로서 의젓해 보여야 한다고 생각했던 건지, 아니면 나이답지 않게 처음 해보는 대외활동을 잘 해내야겠다는 부담감이 앞서서 그랬던 건지 나 자신을 있는 그대로 보여주지 못하고 시종일관 경직된 채 생활했다. 그런데도 나를 살갑게 따라주고, 잊지 못할 추억을 함께했던 멤버들. 그들 중에서도 이 후배는 사랑을 가득 받고 자란 기운이 지나는 자리마다 묻어나, 신기하면서도 조금은 마음의 거리가 생겼던 아이였다. 내가 지나온 대학 생활을 이 후배는 겪을 일이 절대 없을 것이고, 겪어서도 안 될 것만 같아서 나이만 많은 선배인 내가 그다지 해줄 수 있는 말이 별로 없었기 때문이다.

그래서 내가 엄마의 소식을 전했을 때 가장 먼저 내게 달려온 것이 이 후배라는 사실은 나에게 꽤나 신선한 충격이었다. 퇴근 시간에 맞춰 내가 사는 원룸 바로 근처의 커피숍을 찾아온 후배의 손에는 블루베리 몇 팩이 담긴 쇼핑백이 들려 있었다.

"언니! 언니 얘기 듣고 바로 아빠한테 갖다 달라고 했어요."

부모님이 직접 농사지으신 블루베리였다.

"검색해보니까 암에 좋다고 하길래…."

후배는 오랜만에 만난, 한참이나 어른 같아 보였던 선배 앞에서 느낄 수밖에 없을 어색함을 견뎌내며 한 글자 한 글자 눌러 쓰듯 내뱉었다. 블루베리를 건네받은 나는 어쩔 줄을 몰랐다. 이 아이에게 나는 뭘 해준 기억이 하나도 없는데, 나와 비슷한 처지의, 어렵게 대학 생활을 견뎌내고 있는 후배들에게 해준 것만큼의 격려나 조언조차 건넨 적이 없는데. 그런 후배에게 방금 씻은 듯 물이 방울방울 맺힌 맑은 블루베리를 받자 그제야 어떤 사실이 선명해졌다. 굳이 왕언니로서 의젓하지 않아도, 산전수전 겪은 대학 생활 선배로서 유의미한 조언을 건네지 않아도 받을 수 있는 마음이란 게 존재하는 거였구나. 어떤 역할을 해내지 않아도 누군가에게 이런 가치를 지닐 수도 있는 거였구나. 그렇게 블루베리를 품에 안고 후배와 얘기를 나누었다. 커피숍 문이 닫힐 때까지 한참이나. 늘 후배 앞에서 느껴졌던 거리가, 블루베리의 무게만큼 아주 살짝만 마음을 내려놓았는데도 비교할 수 없이 가까워졌다.

"언니, 잠깐만 기다려요! 금방 돼요!"

후배는 빼꼼 고개를 내밀어 문만 열어주고는 다시 후다닥 주방으로 뛰어 들어갔다. 그런 후배의 뒷모습을 눈으로 좇으며 입으로는 응, 천천히 해, 여기 오는 길 진짜 많이 변했다, 같은 시시콜콜한 얘기를 하고 이미 수저가 놓인 앉은뱅이 식탁 앞에 퍼질러 앉았다. 잠시 후 후배가 제 몸집만 해보이는 커다란 그릇을 들고 나왔다. 언니, 곧 말복이잖아요. 빨간 부추 무침을 고명으로 올리기까지 한 뽀얀 닭백숙이 그릇 위에 담겨 있었다.

"세상에, 어떻게 닭백숙을 할 생각을 다 했어?"

후배는 그 말 한마디에 닭백숙보다 뽀얗게 웃었다. 뜨거울까봐 준비했다는 목장갑 위에 비닐장갑까지 덮어 끼고는 잘 익은 살을 야무지게 발라 연신 내 앞접시에 덜어주었다. 언니, 이거 다 먹고 가야 돼요. 도무지 여자 둘이서 다 먹을 수 없는 양처럼 보였지만 나는 고개를 끄덕거리며 앞접시에 놓이는 닭살을 집어 먹었다. 네 시간이나 고았다는 예술적인 국물 맛에 감탄하기도 하고, 연근조림은 또 어쩜 이렇게 맛있니, 밑반찬에도 칭찬을 하고, 그렇게 배가 터지기 직전까지 가서야 내 젓가락질은 멈추었다. 치마 지퍼를 슬쩍 내리고도 배가 불러 허리를 가누기 힘들 때까지 먹었다. 다섯 살이나 어린 후배가 발라주는 살을 아기 새처럼 받아먹는 내 모습이 내가 생각하기도 조금 웃기고 낯설어서 실없이 웃음이 나기도 했다. 그러나 마음이 편했다. 이 아이가 지금 내게 건네주는 이 위로는 보답하려 애쓰지 않아도 될 것 같았다. 이미 내가 준 것이 없는데도 내게 마음을 건네고 있으므로. 그런 생각이 들자 마음이 편해지면서도 닭백숙을 배경으로 눈앞이 흐려졌던 것이다. 내가 나에게 저지른 일을 고백하자면 어디까지 거슬러 올라가야 할지 모르겠다는 막연함에.

스무 살 성인이 되자 갑작스럽게 대학교라는 큰 사회에 던져지고, 심지어 가난이라는 나만 보이는 주홍글씨가 가슴팍에 새겨지기까지 했을 때부터 끊임없이 발버둥 쳤던 지난날이 떠올랐다. 평범할 순 없는 힘든 상황이지만 그래도 잘 이겨내고 있다고 스스로에게 말해주기 위해서는 끊임없는 존재의 증명이 필요했다. 때로는 나 자신에게, 그리고 종종 타인에게 증명하기 위해 애썼던 것들은 내 존재의 가치였다. 난 비록 가난하고, 아르바이트로 스펙을 대신하고, 열심히 번 돈으로 여행을 가는 대신 이자를 갚아야 하고, 청춘이 누려 마땅하다는 어떤 것들을 경험하지 못하지만, 그래도 나는 가치 있는 존재여야만 했다. 그래야 내가 보내는 그 청춘의 시간이 헛되지 않은 것이라며 버틸 수 있었기 때문이다. 그래서 스스로 느끼는 힘듦보다 과장해서 힘듦을 이야기하고, 와중에 의젓해야만 하고, 힘들다는 말 대신 나는 잘 견디고 있다 말하고 다녔다. 그럴 때마다 들려오는 타인의 인정과 대단하다는 말을 주홍글씨 위에 훈장처럼 덧씌웠다. 그렇게 버텼던 시간들. 그 시간들이 허무하게도 닭백숙을 배경으로 녹아내렸다.

어쩌면 그렇게 애쓰지 않아도 됐던 거였는데. 때로는 힘들다 말하고, 훈장을 덧씌우는 대신 주홍글씨를 털어놓고, 누가 철없다고 얘기하더라도 여기저기 날 위한 돈을 써보고. 그랬더라도 나는 조건 없는 마음, 위로, 격려, 혹은 사랑을 받을 수 있었을지도 모른다. 천천히 자라도 되는 줄 알았더라면, 다시는 돌아가고 싶지 않다고 수백 번 이야기했던 나의 이십 대를 다시 한번 기회를 준다면 더 행복해져 보겠다고 말할 수 있게 될까. 그 일이 이미 늦었다면 아직도 덜 자란 내가 남은 몇 뼘 정도는 천천히 자라도 괜찮지 않을까. 이제라도 있는 그대로 자연스러운 나를 받아들이면서.

치열했던 청춘을 후회하지는 않는다. 그땐 그것이 최선이었고 그 시간들이 지금의 나를 있게 해준 것도 사실이다. 하지만 이제 무리하지 않아도 된다는 것을 알았으니 조금은 자연스럽게, 천천히 자라 보려 한다. 굳이 이겨내는 척하지 않고 담담한 척도 하지 않으면서. 그래도 건네받을 수 있는 마음들이 있다는 것을 알기 때문에, 용기를 내서.

함부로 하는 동정

"약간 감성팔이 같아서…."

모두의 시선이 나에게 쏠려서 얼른 표정 관리를 해야 했다. 잠시 흔들렸던 시선을 정리하려 애쓰며 선배 얼굴을 바라봤다. 선배는 나와 눈이 마주치자 말꼬리를 흐렸다. 그러자 옆에 있던 다른 선배가 말을 얹었다.

"괜찮아. 합평이 솔직해야지."

"아, 예. 좀 감성팔이 같은 면이 있어서 제 정서에는 안 맞았어요."

당연한 말이다. 합평은 솔직해야 한다. 특히나 우리 문학회는 신랄하고 냉정한 합평으로 유명했다. 이딴 게 글이냐며 어느 후배가 써 온 시를 보는 앞에서 찢어 버렸다던 아득한 선배들의 일화가 전설처럼 내려오기도 했다. 타인의 글에 대해 의견을 낸다는 것은 굉장히 조심스러워야 마땅한 일이었지만, 그 문학회 안에서는 자유롭고 솔직하게 표현하는 것이 허용됐다. 그러한 비판을 주고받는 과정에서는 사사로운 감정을 드러내지 않는 것이 암묵적인 룰

같은 것이었다. 비판을 하는 이는 글을 쓴 이가 아닌 글 자체에 대해서만 이야기하려고 노력했다. 비판을 받는 이는 금쪽같은 내 글에 부정적인 이야기가 쏟아지면 억장이 무너지기 마련이겠지만 독자의 소중한 의견쯤으로 겸허히 받아들였다. 물론 훌륭한 글에 대해서는 칭찬을 넘어선 찬사가 쏟아지기도 했다. 하나의 글에 대해 의견이 다를 때는 감정을 배제한다는 룰이 무색할 정도로 사납게 언성을 높이기도 했다. 그만큼 솔직하고, 순수했다고 생각한다. 모두 글을 사랑하고 쓴다는 행위 자체에 자부심을 갖고 있는 청년들이었기에 가능한 우리만의 세상이었다. 나도 그런 문학회를 무척이나 사랑했지만,

"괜찮아요. 그렇게 느끼실 수도 있죠."

'감성팔이'라는 단어가 제대로 박혀 괜찮다고 말하는 목소리가 조금 떨렸던 것 같다. 누가 봐도 괜찮지 않게 느껴졌던 건지 그 선배는 더 이상 말을 덧붙이지 않았다.

그날 내가 문학회에 가져갔던 글은 〈내 청춘의 2막〉이라는 에세이였다. 한국장학재단에서 진행하는 수기 공모전에서 일 위를 차지한 작품이었다. 재단에서 도움을 받기 전엔 내 삶이 어떠했고, 도움을 받은 후엔 얼마나 달라졌는지에 대해 솔직하게 쓴 글이었다. 등록금과 생활비를 벌기 위해 아르바이트를 하며 있었던

일들, 특히 편의점에서 일하며 있었던 일화에 대해 썼다. 생활비가 똑 떨어져 배를 곯기 일쑤였던 날들. 게다가 편의점 아르바이트를 하는 시간대가 하필 저녁 여섯 시부터 열 시까지로 가장 배고픈 시간이기도 했다. 유난히 허기를 참기 어려웠던 어느 날, 손님이 먹다 남기고 간 컵라면 국물의 냄새는 정말이지 참기 힘든 유혹이었다. 나는 결국 창고 칸에 들어가 누군가 남기고 간 라면 국물을 마시며 배를 채웠다. 내겐 새 컵라면을 사 먹을 돈조차도 없었으니까. 아니, 정확히 말하자면 컵라면 하나를 지금 사 먹으면 내일 점심을 굶어야 했으니까. 컵라면 국물은 그때까지 먹은 모든 국물을 통틀어서 가장 맛있었고 더럽다든가 비위에 거슬린다든가 하는 생각은 조금도 들지 않았다. 오히려 그 국물 한 모금에 피로가 씻겨 날아갔달까. 내게는 그만큼 서러울 것도, 부끄러울 것도 없는 일이었다. 자랑거리는 분명 아니었지만 그렇다고 평생 숨기며 살아야 할 잘못된 일도 아니었다. 다만 그 정도로 열악했던 환경에서 재단에서 받은 혜택이 큰 도움이 되었다는 맥락을 위해 필요한 일화로 담담히 써 내려갔을 뿐이었다. 그래서 문학회 멤버들이 수상소식을 축하하며 수상작을 합평에 가져오기를 청했을 때 흔쾌히 그러마고 했다. 어떤 비평을 들을지는 모르겠지만 늘 그랬듯 글에 대한 조언으로 받아들일 준비가 되어 있었다. 그런데.

'감성팔이 같아서.'

실로 예상하지 못했던 감상평이었다. 당황스러웠고, 한편으로론 의아했다. 어떡하란 말이지. 있는 그대로 썼는데 감성팔이라고 한다면, 내가 겪은 그 일이 누군가에겐 감성팔이라고 느껴질 만큼 불쌍한 꼴이었단 말일까? 아니면 감성을 자극하기 위해 부풀려 쓴 글이라고 받아들여졌던 걸까? 후자의 경우라면 할 말이 많았다. 담담하게 쓰기 위해 노력하긴 했지만, 내 감정이 완전 삭제될 순 없기에 읽는 입장에서 부풀려졌다고 느낄 수도 있었을 것이다. 하지만 사건 자체를 부풀리거나 거짓을 쓴 일은 없었다. 오로지 감성을 자극하기 위해 부풀려 썼다고 느낀다면 억울하기 짝이 없는 일이었다. 그런데, 만약 전자의 경우라면.

내 생활이 그렇게 불쌍한가? 그런 생각이 들자 견딜 수 없이 부끄러워졌다. 갑자기 어디론가 숨어버리고 싶은 충동까지 들었다. 흔한 말로 쥐구멍이라도 있다면 턱없이 큰 몸을 접고 접어서라도 기어 들어가고 싶었다. 누군가에게 불쌍해 보이는 줄도 모르고, 그런 줄도 모르고 글로 써서 동네방네 떠들었다니. 그래, 다시 생각해보니 누가 먹다 남기고 간 컵라면 국물을 마시는 꼴은 누군가의 머릿속에선 우습게 상상됐을지도 모른다. 아무리 배가 고파도 그렇지 어떻게 그럴 수 있어? 라든가, 더러운 줄도 모르고 자존심도 없는 거야? 라든가. 그렇게 상상되고, 이야기되고, 불쌍했겠구나. 난 그런 줄도 모르고 한 점 부끄럼 없노라 자위했구나. 쪽이 팔린 줄도 모르고.

합평을 마치고 돌아오는 길은 어느새 어두워져 있었다. 자취방으로 돌아가는 동안 이대로 사라져버리고 싶은 부끄러움과 네가 나에 대해 뭘 알아, 하는 억울함 사이에서 내내 괴로웠다. 그럴 수만 있다면 상을 받은 그 글을 세상에서 없애버리고 싶었다. 상과 상금을 반납해도 좋으니 아무도 나의 편의점 컵라면 일화를 몰랐던 때로, 나만 그 일을 알고 있었던 때로 돌아가고 싶은 마음이 간절했다. 부끄러울 것 없다고 생각했던 모든 일들에 대해 확신이 없어지자 내딛는 발걸음이 그렇게 무거울 수가 없었다. 내가 딛고 나아가고자 하는 방향마다 망설임이 생겨나는 기분이었다.

"찹쌀-떡!"

그때, 내 마음에 돌이라도 던지는 듯 들려오는 소리에 문득 정신을 차리고 보니 주위는 가로등 불빛만이 가득한 어둠이었다. 소리는 어디서 들려온 건지 인기척을 찾아볼 수 없었다.

"찹쌀-떡!"

다시 한번 들려온 소리는 어지러운 마음을 헤치고 귀에 꽂혔다. 어렸을 때 봤던 만화영화인 '검정고무신'에서나 들어본 이 정겨운 소리가 대체 어디서 들려오는 걸까. 아직도 저런 식으로 떡을 파는 사람도 있었나. 그것도 이런 늦은 저녁 대학가에서. 이런 저런 생각을 하느라 지쳤던 마음에 빈틈이 생기자, 꼬리에 꼬리를 물고 다른 생각들이 피어올랐다. 지금 이 시간이면 장사를 마치고 돌아가는 중인 걸까. 젊은 사람들만 있는 이런 곳에서 찹쌀떡이 팔리기는 하는 걸까. 일부러 레트로 감성을 노려서 저런 소리를 틀어놓은 걸까. 아니면 정말로 그때 그 시절에 멈춰선 늙은 노점상이 뱉어내는 한숨 같은 소리인 걸까.

문득 안쓰러운 마음이 들었다. 지하철역 입구에서 상추를 늘어놓고 파는 할머니에게 느꼈던 것처럼, 미처 지나치지 못하고 쓸데도 없는 상추를 샀던 그때의 마음처럼 낯설지 않은 측은지심이 훅-하고 덮쳐왔다. 찹쌀-떡, 하고 늘어지는 저 소리에 담긴 고단함과 춥고 배고플 그 일상이 불쌍했다. 그렇게 슬픈 마음을 만끽하다 나 자신의 지독한 모순을 깨닫기까지는 오랜 시간이 걸리지 않았다. 스스로 뒤통수를 때린 것 같은 충격에 걸음을 멈출 수밖에 없었다.

'불쌍하다고?'

그날 이후, 나는 과장을 조금 보태 세상을 바라보는 시선 자체가 바뀌었다. 측은지심은 사랑의 근본이자 인간을 인간답게 하는 것 중에 하나라고 했던가. 그 말에는 여전히 동의하는 바이지만,

내가 불쌍하다고 생각하는 누군가의 삶을 '동정'하는 것이 아니라 '존중'해야 한다는 것을 알게 된 것이다. 내가 보기엔 측은해 보일지라도 누구보다 최선을 다해 스스로의 삶을 살고 있는 걸지도 모른다. 그 사람에겐 다른 선택지가 없었을지도 모르며, 불쌍해 보이는 그 장면이 그에게는 마침내 버텨낼 삶의 역경 중 하나에 불과할지도 모른다. 그래서 결국에는 자랑스러워질 하나의 일화가 될지도, 모른다. 그때 함부로 하는 동정 따위가 얼마나 오만한 것인지, 얼마나 힘이 없는지를 깨달았으므로 나는 오늘도 쓴다. 솔직하고, 담담하고, 아무렇지 않게. 나는 이렇게 살았노라, 하고. 누군가 나를 불쌍하다 생각하게 될지라도.

그날 들은 욕을 씹어 삼켜 버렸다

그때 들었던 욕의 대부분은 기억나지 않는다. 모멸감과 수치스러움에 어찌할 바를 몰라서 정신이 몽롱했기 때문이기도 했지만, 그 여자가 태어나서 처음 듣는 욕을 해댔기 때문이기도 했다. 내장을 빼내서 어떻게 한다고 했던 것 같기도 하고, 네가 죽으면 뼈를 발라서 어떻게 한다고 했던 것 같기도 하고. 무차별적으로 쏟아지는 그 욕들 앞에서 나는 하얗게 질린 얼굴로 가녀리게 서 있는 것 외엔 방법이 없었다.

편의점 아르바이트를 처음으로 시작했을 때, 나는 아르바이트 경험이 전무했기 때문에 내내 긴장한 채로 일했다. "어서 오세요." 하는 인사를 하는 것부터, 한 번도 써본 적이 없어 존재 자체가 생소한 신용카드나 체크카드를 포스기에 긁는 것, 혹은 오천칠백 원어치 물건을 산 손님이 대체 왜 만이백 원을 내는가를 이해하는 것까지, 모든 일이 처음이라 어설펐고 긴장의 연속이었다. 특히 숫자에 약했던 나는 거스름돈을 종종 다르게 내줬던 건지 정산 때마다 금액을 틀리기 일쑤였다. 차이가 많이 나는 날은 마이너스 만 원이 넘게 나온 적도 있었는데, 안 맞는 금액은 내 돈으로 채워야 했기 때문에 그럴 때는 하루 네 시간 알바를 해서 벌었던 만이천 원 정도가 고스란히 날아가기도 했다. 그때 당시 최저에도 한참 못 미치는 시급 삼천백 원을 받고 일했고, 그게 허용되기도 했던 시절이었다.

하지만 그런 정산에 대한 스트레스보다 더 나를 주눅 들게 했던 것은 쉴 새 없이 들이닥치는 '낯선 사람들'이었다. 대학교 근처 지하철역 바로 앞에 위치했던 편의점이었던 데다 특히 내가 일했던 시간대는 가장 피크타임인 저녁 여섯 시부터 열 시였기 때문에 늘 손님이 북적였다. 시골에서 막 상경한 스무 살, 특히나 사람 대하는 것을 어려워했던 나에겐 전쟁터가 따로 없었다. 손님에게 정해진 멘트를 내뱉는 내내 마음속에선 총성과 방패가 왔다 갔다 했다. 역력히 긴장한 티가 나는 내게 손님들은 대부분 친절했지만 아무 말 없이 돈이나 카드를 던지는 이들에게 마음의 상처를 받는 일도 다반사였다. 자꾸 손님의 눈치를 보면서 두 손으로 거스름돈을 받는 바람에 지켜보던 점장님이 한마디하기도 했다.

"앞으로 두 손으로 받기 금지야. 안 그래도 돼!"

나는 정말 처음 보는 사람이 주는 돈을 한 손으로 받아도 되는지 마음이 쪼그라들었지만, 시간이 지나고 일에 익숙해져 상황에 대한 판단을 할 때쯤이 되자 과한 예의는 오히려 나를 얕보이게 한다는 것을 깨달았다. 짧은 사이에 기선제압이 오가는 전쟁터 같았다고나 할까.

그렇게 일도, 손님을 대하는 것도 조금씩 익숙해졌을 무렵이었다. 이상하게 그 사건이 벌어지기 전까지의 기억은 너무나도 생생하다. 그 여자는 사십 대 중후반 정도 되어 보였고, "어서 오세요." 하는 나를 굳이 쳐다보지 않았다. 검은색 원피스에 진하게 눈화장을 했던 것까지도 기억이 난다. 여자는 망설임 없이 라면 두 봉지를 집어 와 계산대에 집어던지다시피 내려놓았다. 사실 그 라면 두 봉지가 어떤 종류였는지도 기억난다. 그리고 바코드를 찍는 나를 빤히 쳐다봤다. 물건을 던지듯 내려놓는 손님이라든가 느낌이 이상한 손님 정도는 늘 있었기 때문에 아무렇지 않게 말을 건넸다.

"봉지에 담아드릴까요?"

그때부터 난데없이 시작됐다. 날 향한 여자의 공격이.

"이 씨X년이, 지금 뭐라고 했어?"

"네?"

당황한 내 눈앞에 불쑥, 여자의 손가락이 찌를 듯이 다가왔다. 그리고 방어할 수 없는 공격들이 쏟아졌다. 난 너 같은 년을 잘 알고 있다느니, 눈깔을 뽑아 버려야 한다느니, 그런 말을 듣고 있자니 정신이 아득해져 왔다. 태어나서 처음 듣는 말들이었고 사람이 저런 말을 내뱉을 수 있다는 것을 믿을 수 없을 지경이었다. 스스로 얼굴이 하얗게 질리는 게 느껴지기까지 십 분이 넘는 시간 동안 그 여자의 일방적인 욕을 듣고 있었다. 그 소란이 벌어지는 사이 편의점 안으로 사람들이 몰리기 시작했다.

"이거 계산해주세요."

보다 못한 다른 손님이 끼어들어 내게 눈짓하며 물건을 건넸다. 애써 바코드를 찍으려는 손이 덜덜 떨렸고, 여자는 아랑곳하지 않고 계속 폭언을 쏟아붓고 있었다. 무슨 일인가 싶어 계속해서 편의점 안으로 들어오는, 혹은 밖에서 구경하는 사람들이 다들으라는 듯이 소리를 지르기도 했다.

"저 화냥년을 아주 그냥, 내가 죽여 버려야지."

대체 나한테 왜 이러는 걸까, 화냥년이 무슨 뜻이지, 하는 생각을 할 겨를도 없었다. 일방적으로 얻어맞고 있는데 이유 따위무슨 상관일까. 나는 그만 하세요, 하는 말만 앵무새처럼 반복했다. 결국 뒤에서 지켜보던 대학생 한 명이 소리쳤다.

"아줌마, 그만 좀 하세요! 지금 장사 방해하고 뭐 하는 겁니까?"

"저년이 아주 몹쓸 년이라고!"

여자는 그 누구의 말도 듣지 않았다. 다른 손님들도 막무가내로 살벌한 말을 쏟아내는 여자를 그저 질린 눈으로, 그리고 카운터 구석에 하얗게 서 있는 나를 안쓰러운 눈으로 쳐다보고 있을 때, 편의점 밖으로 경찰차가 온 것이 보였다. 경찰들은 구경하고 있던 사람들 사이로 들어와 여자를 설득하기 시작했다. 이렇게 소란을 피우면 안 된다는 말들이었던 것 같다. 하지만 경찰은 강하게 여자를 끌고 나가지 못했다. 여자는 계속해서 저년이 아주 큰 잘못을 했다, 내가 본때를 보여줘야 한다, 는 맥락의 말만 반복했고, 나는 경찰이 왔는데도 어째서 상황이 정리되지 않는 것인지 의아했다. 경찰도 다른 폭력은 쓰지 않고 폭언만 쏟아붓고 있는 여자를 강제로 끌고 나가진 못하는 모양이었다.

"선생님, 죄송합니다."

소란 속에서 들려오는 낯익은 목소리에 한참이나 숙이고 있던 고개를 들자, 내 뒤 타임을 맡고 있던 야간 알바생이 와있었다. 그는 여자에게 사과를 하고 있었다.

"그래! 미스터! 니는 내 마음 알제."

여자의 목소리가 급속도로 온화해졌다. 나는 그 소름 끼치는 변화에 멍하니 여자를 바라봤다. 지금 이게 무슨 상황이지? 저 오빠는 죄송할 일이 뭐가 있어서 사과를 하는 것이며, 나를 죽일 거라고 삼십 분이 넘도록 떠들어대던 저 여자는 어떻게 저렇게 갑자기 미소 지을 수 있는 거지?

"예, 죄송합니다."

"내가 미스터 때문에 봐준다고. 저년 저거 조심하라고 해."

허무하게도 여자는 만면에 웃음을 띠며 나갔다. 경찰은 그저 여자의 뒤를 따라 나가, 미련 없이 경찰차를 몰고 사라졌다. 야간 알바 오빠는 서둘러 줄 서 있던 손님들의 계산을 차례대로 끝마치더니, 어질러진 매장을 정리하고 그때까지도 카운터 구석에 벌벌 떨며 서 있던 내게 왔다.

"괜찮아요? 사장님이 시시티브이 보고 아셨는지 빨리 가 보라셔서 왔어요. 오늘은 이만 퇴근하셔도 된대요."

오빠, 저 진짜 아무 짓도 안 했거든요. 그냥 봉지 필요하냐고 물어봤을 뿐이거든요. 근데 왜 오빠가 죄송하다고 했어요? 저 여자 나한테 왜 그런 거예요? 의문이 목 끝까지 차올랐지만, 지금 입을 열면 울음이 먼저 터질 것 같아서 묵묵히 상품 창고로 들어가 유니폼을 벗었다. 그제서야 맥이 풀려 자리에 주저앉았다. 신기하게도 폭언을 듣는 동안에는 터지지 않았던 울음이 비죽비죽 새어 나오기 시작했다. 나는 욕을 들었던 그 시간만큼 엉엉 울다 집으로 돌아갔고, 삼십 분 동안이나 창고에서 나오지 않는 나를 야간 알바 오빠도 굳이 찾지 않았다.

그 여자가 일대에선 유명한 사람이고, 여기저기 행패를 부리고 다니며, 그날 하필 재수 없게 내가 걸린 것이라는 사실은 뒤늦게 동네 토박이인 친구를 통해 들을 수 있었다. 여자는 그날의 타

깃으로 무심코 나를 정했을 뿐이겠지만 나는 누군가로부터 일방적인 공격을 당했다는 사실과, 상상초월의 끔찍한 폭언을 당한 것에 대한 모멸감, 많은 사람들이 내가 '죽일 년'이 되는 순간을 지켜봤다는 수치스러움에 한동안 괴로웠다. 경찰도 끌어내지 못한 그 여자가 또다시 편의점을 찾아오진 않을까 하는 두려움도 컸다. 나는 야간 알바생처럼 "죄송하다."라고 할 자신이 없었기 때문에 더 그랬다.

다행히 그 뒤로 여자는 편의점을 찾아오진 않았고, 대신 여고생 두 명이 찾아와 카운터에 있는 내게 초코우유를 하나 건넸다. 긴 머리에 키가 크고 눈이 동그란 얼굴의 학생들이었다.

"언니, 힘내세요. 저희가 그때 경찰에 신고했어요."

"아……."

여고생들은 그날 거의 사건의 처음부터 끝까지 지켜봤다고 했다.

"언니는 진짜 잘못 안 했잖아요. 저희가 봤어요. 미친 여자 같아요!"

여고생들은 그때 일이 다시 기억난다는 듯 흥분하더니 위로와 응원의 말을 건네고 자리를 떴다. 지금 생각해보면 고맙다는 말이나, 어떤 표현이라도 했어야 했는데 나는 다시 떠오른 기억에 얼어서 별다른 말도 못하고 그녀들을 보냈다. 주는 초코우유를 받기만 할 게 아니라 신고해줘서 고맙다며 하나 쥐여주기라도 해야 했는데. 어쩌면 고마움보다 내가 맥없이 서서 공격당했던 그 장면을 그녀들이 지켜봤다는 것과, 삼십 분이 넘는 시간 동안 방어 없이 '죽일 년'이 되었던 내 모습을 알고 있다는 사실에 대한 부끄러움이 더 커서 그저 피하고 싶었던 걸지도 모르겠다.

　그 여자는 여고생들의 말대로 단순히 미친 여자였던 걸까. 야간 알바 오빠의 사과에 승리의 웃음을 지으며 돌아섰던 것은 원하던 말을 들어서였던 걸까. 그렇다면 난 그녀에게 대체 어떤 잘못을 했던 걸까. 나는 아르바이트를 그만둘 때까지 끝내 야간 오빠에게 그때 왜 죄송하다고 하셨느냐고 묻지 못했다. 왠지 시간이 지날수록 그 대답을 알 것 같았으나 직접 듣긴 싫었기 때문이었다. 이유가 있는지 없는지는 중요하지 않다는 것, 중요한 건 그 사람은 손님이고 나는 한낱 알바생이었다는 것, 죄송한 일이 없어도 고개를 조아려야 하고 일방적인 폭언을 듣고도 죄송한 건 이쪽이어야만 한다는 것. 영영 모르고 싶었던 힘없는 사람의 룰을 깨닫게 한 그 여자. 한편으론 그 여자를 지금 만난다면 삼십 분이나 욕을 들을 것도 없이 진작 사과와 함께 고개를 조아리며 돌려보냈을 거라는 사실에 입이 쓰다. 나는 그날 들었던 욕을 씹어, 토해내지 못하고 삼켜 버린 모양이다.

그 가방이 뭐라고 남자들을 울렸나

내겐 백팩이 하나 있다. 베이지색의 가죽 백팩이다. 가방을 처음 만났을 때 전공 서적이 두 개 정도 들어가고 필기구, 파우치, 지갑 등을 챙겨 넣으면 딱 맞는 크기가 마음에 들었다. 어느 옷에나 잘 어울리는 무난한 색깔도 훌륭했다. 멋 부릴 때도 몸에 착 달라붙는 느낌이 좋았고, 시험기간에 무거운 책들을 가득 넣고 헐레벌떡 캠퍼스를 뛰어 올라갈 때도 그 이상 편할 수가 없었다. 그렇게 대학 시절 내내 애용하던 백팩은 쇼핑을 할 때마다 '아냐, 저거보다 나한테 맞는 건 못 찾아'라며 가방 카테고리를 무심코 넘겨 버리는 이유가 되었다.

이렇게 곰곰이 떠올리다 보니 함께한 세월에 비해 그 처우가 박했던 것 같아 '베이지'라고 이름 붙여 부르기로 한다. 베이지는 대학 시절을 지나 수험 공부를 하는 동안에도 나와 함께였다. 그 세월 동안 나는 여러 번 무너졌다 일어섰으나 베이지는 그 풋풋한 모양새를 꽤나 유지하고 있었다. 딱히 애지중지 대한 것도 아니었기 때문에 기특하기 이를 데 없는 일이다. 그렇게 수험 생활을 지나고, 직장 생활을 하게 됐을 때도 마찬가지였다. 보통은 옆으로 메는 숄 더백을 더 자주 메고 다니게 되었지만 일박을 해야 할 때라든가 무언가 무거운 짐을 넣어야 할 때마다 베이지가 함께했다. 특별한 일이 있을 때 찾게 되었으니 그 추억은 더욱 깊어졌다고나 할까.

늘 처음과 같은 자태를 유지할 것 같았던 베이지도 결국 세월 앞에선 어쩔 도리가 없었던 걸까. 베이지의 가죽이 벗겨지기 시작했다. 처음 발견한 것은 사실 꽤 오래전 일이었다. 나와 등을 맞대는 안쪽 가죽이 조금씩 벗겨졌던 것이다. 하지만 가방을 메면 잘 보이지 않는 위치이기 때문에 아무렇지 않게 메고 다녔다. 또 한 가지 진심 어린 이야기를 터놓자면, 나는 가죽이 벗겨진 베이지의 모양새마저도 꽤 마음에 들었다. 가죽이 벗겨지긴 했지만 벗겨진 곳으로 드러나는 짙은 갈색 덕분에 이질감이 느껴지지 않았다. 또 왠지 오래된 가죽 물건 특유의 어떤 느낌이 났기 때문에 멋스럽게 보였던 것이다. 그래서 그 세월의 흔적을 굳이 감추려 하지 않고, 부끄러워하지도 않고 계속해서 베이지와 긴 시간을 보냈다. 그러한 감상이 베이지와 함께한 내 애정 어린 시선이 만들어낸 지극히 주관적인 콩깍지였음을 알게 된 건 얼마 전의 일이었다. 그것은 아주 의아하면서도 낭만적이고, 안쓰러우면서도 애틋한 깨달음이었다.

나를 떠올리며 읽었다는 시들로만 두꺼운 노트 한 권을 채워 필사한 뒤 건네준 남자. 시를 읽을 때 나를 생각하고, 필사할 땐 가슴에 새겼다던 남자. 그런 남자가 입대 후 훈련소에서 보내주었던 편지들은 세상에서 발견한 적 없던 낭만, 그 자체였다. 그의 편지는 거의 매일같이 내게 도착했다. 등기 우편 도착 메시지를 받고 부리나케 집으로 달려가 봉투를 뜯으면 꾹꾹 눌러쓴 탓에 두툼해진 편지지가 몇 장씩이나 떨어졌다. 편지에는 그가 가진 다정과 군대라는 공간이 만들어 낸 진지하고 조심스러운 사랑 고백이 가득 적혀 있었다. 조금 늦은 나이에 입대해 한 발짝 물러나는 것이 가능했던 그의 시선 속 군대 이야기를 읽는 재미도 아주 좋았다. 그런 중 나를 가장 놀라게 했던 것은 어느 편지에 담겨 있었던 베이지에 대한 그의 감상이었다. 나는 그가 베이지를 눈여겨보고 있었다는 사실을 몰랐고, 특히나 다른 생각할 것들이 차고 넘칠 훈련소에서 그 가방을 떠올릴 것이라고는 상상도 하지 못했기 때문에 적잖이 놀랐다.

문득 그냥 누워있는데 그 가방이 생각나더라. 베이지색 백팩. 그 가방이 자기한테 꼭 잘 어울렸지. … 그 가방에 벗겨진 자국들, 떨어져 나간 가죽들의 군데군데 남겨진 낡음의 테두리들이 떠올랐어. 그러자 눈물이 멈추지 않았어.

이 남자는 나와 베이지에게서 무엇을 보았던 걸까. 대체 어떤 감상을 느꼈기에 눈물까지 흘린 걸까. 훈련소 모포를 뒤집어쓰고 밤새 눈물을 흘렸다는 그의 모습을 상상하니 귀여우면서 안쓰러운 마음이 울컥 올라왔다. 그는 편지를 이어갔다. 가방 하나 사주지 못해 미안한 마음에 눈물이 멈추지 않았노라, 휴가를 나가면 반드시 백화점에 들러 예쁜 가방을 하나 사주겠노라고. 내가 버티며 살아온 지난날들을 잘 알고 있는 그였기에 그 낡은 가방에서 나의 모습을 보았던 모양이었다. 그런 그의 마음이 고맙고 감동스러웠지만 슬쩍 무안해지는 것도 사실이었다. 나는 베이지를 대신할 다른 가방을 살 수 없어 못 산 것이 아니었다. 다만 베이지가 아주 마음에 들어, 굳이 다른 가방을 찾지 않았던 것뿐이었다. 게다가 그가 한없이 슬펐다는 그 낡음의 테두리가 난 썩 마음에 들기까지 했다. 나는 곧 펜을 들어 그에게 감사와 사랑을 적어 보내며 생각했다. 이토록 마음 아파하니 가방을 바꾸긴 해야겠지만, 그가 제대할 때까지는 조금 더 베이지와 시간을 보내도 되겠지.

그렇게 다른 사람 눈에는 애달파 보일 수 있다는 사실을 알고도 베이지는 계속해서 나와 함께였다. 친숙하고 편한 이 아이를 쉽게 버릴 수가 없었고, 무엇보다 베이지의 존재를 마음 아파하는 유일한 사람이 내 곁으로 돌아오기까지는 아직 많은 시간이 남아 있었기 때문이다. 엄마의 정밀검사 결과를 들으러 가족들이 서울대병원에 다 함께 모였을 때도 마찬가지였다. 특히나 서울에 가는 것처럼 장거리 이동이 있을 때는 베이지만큼 내 마음을 편하게 해주는 가방이 없었다. 무척이나 긴장되는 자리였기 때문에 다른 가방을 고르는 데 시간을 보낼 겨를이 없기도 했다. 가족들과 만나 진료실에 들어가기 전, 복도에 남아 있겠다고 했던 아빠의 손에 베이지가 맡겨졌다. 그러나 아빠는 사람이 너무 많은 것이 아닐까 걱정됐을 뿐 내심 함께 들어가고 싶었던 모양이었다. 엄마의 이름을 부르는 간호사에게 나 대신 베이지를 꼭 쥐고 네 명은 너무 많은데 함께 가도 되냐고 물었다. 간호사는 당연히 고개를 끄덕였다. 그렇게 엄마의 암이 식도를 타고 올라갔노라는 이야기를 듣고, 수술이 불가능한 4기라는 진단을 듣는 절망의 시간에 베이지는 우리 가족과 함께하게 되었다.

엄마가 베이지에 대한 이야기를 꺼낸 것은 그로부터 일주일 뒤였다. 엄마의 진단을 들은 뒤로 틈이 생길 때마다 가족들과 시간을 보내게 된 나는, 이토록 자주 보는 것이 안 그래도 낯선 엄마의 입에서 베이지의 이야기가 나오자 더 어색할 수밖에 없었다.

"주연아, 느그 아빠가 니 가방 얘기를 하드라."

"어? 내 가방?"

물론 그때도 내 옆에 놓여 있었던 베이지. 나는 화들짝 놀라 베이지에게 눈길을 주며 되물었다.

"내 가방이 왜?"

"저런 가방 얼마 주면 사냐고. 그때 병원에서 보니까는 마이 떨어져 있더라고…."

"비싸서 못 사는 거 절대 아니다, 엄마!"

훈련소로부터 베이지에 대한 편지가 날아왔을 때보다 더한 당혹감이었다. 나는 놀란 마음에 저 가죽 떨어진 부분이 꽤 자연스럽지 않냐고, 멋스럽게 어울리는 것 같아서 메고 다니는 거라고, 나도 가방 하나 살 만큼은 돈 벌고 있다고 허겁지겁 이야기했다. 꼭 그 말들을 아빠에게 전해주라고. 훈련소의 남자는 나의 지난 삶에 관심을 가지고, 무엇보다 그 부분을 사랑하는 사람이기에 베이지에 감정을 이입한 것이 이해는 되는 부분이었다. 그런데 내 대학 생활에 대해 들은 적도 없고 관심도 갖지 않는 것처럼 보였던 아빠가 저런 이야기를 하다니. 더군다나 엄마가 미안함을 잔뜩 묻힌 투로 은근히 이야기를 전하자 오히려 내가 죄인이 된 기분이었다. 그의 편지를 받자마자 베이지와 이별했어야 했나. 무신경한 나의 태도가 본의 아니게 여러 명을 마음 아프게 한 모양이었다.

나는 곧장 베이지를 대신할 가방을 고르기 시작했다. 앞으로 자주 장거리를 다니게 될 테니 그때마다 갖고 다닐 보조 가방을 구입했고, 무심코 넘기곤 했던 백팩 카테고리를 유심히 살펴봤다. 그러면서도 미련이 남는 마음을 어찌할 수 없었다. 그도 그럴 것이 긴 세월을 기쁠 때나 슬플 때나 함께했던 베이지였다. 그런 베이지를 내 마음이 다하지 않았는데 보내 줘야 한다니. 나는 아직 해진 가죽이 예뻐 보이는 콩깍지가 벗겨지지도 않았는데. 하지만 미안함에 흘린 눈물로 젖었을 훈련소 모포를 떠올리고, 그 절망의 시간에 막내딸의 낡은 가방까지 눈에 밟혔을 아빠를 생각하며 마음을 정리했다. 가방이 뭐라고 그 남자들을 울리겠나. 이제 정말 작별해야 할 시간인가 보다. 인사라도 하고 보내야겠다. 그동안 곁에 있어줘서 고마웠어. 안녕, 나의 베이지.

이별인 줄 알았던 생존

사는 게 고되면 마음이 약해진단다, 너무 힘들 때 이성을 사귀지 마렴. 어른들의 말씀에는 늘 배울 구석이 있었다. 꼭 당신처럼 살아야겠다고 마음먹는 쪽이든, 절대 당신같이는 살지 말아야겠다고 마음먹는 쪽이든. 감사하게도 나에겐 전자의 경우가 훨씬 많았다. 감사할 뿐만 아니라 참으로 운이 좋았던 일이라고 생각한다. 저 말을 들으면서도 감탄을 탄식처럼 뱉으며 네, 하고 고개를 끄덕였다. 내 생활을 보면 눈물 젖은 빵을 먹었던 당신의 젊은 시절이 떠오른다던 저 어른은 나와 비슷한 경험을 한 번쯤 겪어 버렸던 것이 분명하다는 생각이 들었다. 조금만 일찍 알려주시지 그랬어요, 생각하는 것과 동시에 그게 얼마나 소용없는 말인가를 깨달았다. 누군가 내가 태어나자마자 하루도 빠짐없이 마음이 약해질 때를 조심하라 일렀어도 그 일들을 막을 순 없었을 것이다.

그와의 시작을 설명하기 위해 다른 장면을 가져올 수도 있겠으나 지금 생각해보니 굉장히 상징적이었던 그때를 떠올리고자 한다. 나는 새벽까지 놀다 뻑뻑해진 눈에 넣을 인공눈물을 찾아 헤매다 그에게 말했다.

"선배, 눈물 좀 주세요."

그가 건넨 인공눈물이 눈을 타고 뺨으로 흘러내렸다. 눈물을 건네는 것으로 시작되었던 그 인연은, 질식해 죽기 직전에 가까스로 헤어났을 만큼 깊은 웅덩이를 만들어 냈다. 지나간 삶을 애써 아름다운 시선으로 보는 일에 가히 전문적인 경지에 이른 나지만 그 인연에 대해서는 포기하고야 말았다. 시작하지 않는 것이 훨씬 나았을 것이다. 정말로 그렇게 생각한다.

처음부터 주눅 들어 있었던 것은 아니었다. 나는 대인관계가 넓은 편은 아니었으나 사랑을 주고받는 사람들이 곁에 있었고, 버텨내는 삶을 존중받고 있었으며, 생계와 학업을 게을리하지 않는 스스로에 자부심이 있었다. 그러나 흔들리는 젊음이 누구에게나 그렇듯 조금만 건들면 멍이 들 것 같은 여린 살점을 여러 군데 갖고 있었다. 특히 그를 처음 만났을 때의 나는 영혼이 둘로 나뉜 채 살아가고 있었다. 명랑 소녀 성공기라도 한 편 찍을 것처럼 미친 듯이 일하고 공부했던 열심히 사는 '나'와 그런 일상이 불안해서 미치기 직전이었던 흔들리는 '나'. 대부분의 사람들이 전자의 모습만을 알고 나를 대했다면 그는 후자의 내 영혼을 집요하게 파고들었다.

"가난한 티는 내지 않는 게 좋아."

어쩌다 화두가 된 스테이크를 써는 고급 레스토랑 같은 곳, 그런 곳은 그때 당시의 내겐 경험할 일이 전혀 없는 장소였다. 이 사실은 내가 아닌 다른 대학생들에게도 마찬가지였을 것이며, 직장인이 된 지금의 내게도 크게 다를 바 없는 일이다. 그런데 우습게도 그는 저런 말을 했다. 내가 해맑게 그런 곳에 가 보질 않았다는 말을 한 뒤였다. 한 번도 저런 말을 대놓고 들어본 적이 없었던 나는 순수하게 당황했다. 그 와중에도 그가 무안할까 봐 당황한 티를 내지 않으려 애썼으니 순수했다는 것 말고 다른 설명이 필요할까.

"그런 고급 식당도 가 봐야지, 그래야 나중에 갈 일 있을 때 무시 받지 않아. 내가 데리고 가 줄게."

내가 너에게 줄 수 있는 많은 것들 중 하나야, 라는 듯 흡족한 목소리로 말하던 그에게 나는 그저 웃어 보였던 것 같다. 묘하게 신경에 거슬리는 어떤 느낌을 외면하려 애쓰며 웃었다. 이제 너도 누릴 수 있는 것은 누려야 하지 않겠냐는 그의 말이 조금은 달콤했던 것도 부정하진 않겠다. 그 뒤로도 그가 베풀고, 나는 구제받는 듯한 높이의 차이가 하루하루 쌓여 갔다. 나는 고개가 꺾여 가는 것을 알면서도 종종걸음으로 그를 좇았다. 어쩌면 정말로 내가 놓쳐 버린 많은 것들을 그가 찾아줄 수 있을 것만 같다는 생각으로. 많은 것을 바란 건 아니지만 어쩌면 한 번도 경험해 본 적 없는 경제적인 버팀목 정도는, 저 사람에게 바라도 되지 않을까 하는 연약한 생각으로.

하지만 나는 단 하루도 행복하지 않았다. 그 사실을 인식하지 못하고 있었다 하더라도 증거는 도처에 널려 있었다. 매일 밤 울며 잠들지 않는 날이 없었다. 그렇게나 그를 좇으려 고개를 쳐들고 있는데도 마음은 한없이 바닥으로 추락했다. 그는 바쁜 회사 일로 힘들고, 피곤하다는 이유로 많은 일을 정당화하려 했다. 주말에 나를 만날 시간은 없어도 동네 누나와 산책할 시간은 있었다. 하루 종일 연락이 안 되는 일이 허다한데도 걱정하는 나를 '직장 생활 안 해 본 학생'이기 때문에 보챈다며 나무랐다. 그때마다 나는 그와의 간극을 메우기보다 포기하고 싶어서 여러 번 기권 선언을 했음에도, 그는 끈질기게 나를 잡아 가두었다.

그렇게 일 년이 조금 넘는 기간 동안 나는 대놓고 휘두르지 않더라도 서서히 사람을 갉아먹고야 마는 말들의 존재를 깨달았다. 자존감을 바닥까지 짓밟음으로써 우위에서 관계를 장악하는 기술의 존재 또한. 지금이야 '가스라이팅'이라는 적절한 용어가 널리 알려져 있지만 그땐 그런 것의 존재를 미리 알 턱이 없었다. 오롯이 내가 당하고 산산이 부서지고 나서야 알았던 것이다.

이 관계는 정상이 아니구나, 하고 가까스로 깨닫게 된 계기는 여러 번에 걸쳐 있었지만, 최초의 순간은 저항할 생각도 못 하는 나를 발견했을 때였다. 그는 자신의 일상에 일어나는 많은 일들에 대해 내 탓으로 미루길 즐겼는데, 한번은 늦은 밤 통화를 하다 이런 대화를 나눈 적이 있었다. 귀걸이를 왜 하지 않느냐는 그의 말에 귀를 뚫은 적이 있지만 잘못 뚫어서 그냥 다시 막아 버렸다는 대답을 했다. 그는 그 말을 듣더니 아주 재밌다는 듯 웃으며 이런 말을 했다.

"귓구멍도 아다가 아닌데, 어디가 아다야?"

저 단어의 저급한 뜻을 모르는 사람들은 그냥 모른 채로 살아 주길. 알아봤자 좋을 것이 없는 저질스러운 단어였다. 다른 이도 아닌 연인이라는 사람이, 저 단어로 나를 불렀다는 사실에 속절없이 눈물이 났다. 이미 스스로의 눈물에 지겨워져 더 이상 울고 싶지 않았는데도 멈출 수 없었다. 어떻게 그런 말을 할 수 있냐며 우는 나에게 그는 신경질적으로 말했다.

"아, 또 우는 거야? 나 지금 잘 시간인데, 내일 출근해서 피곤하면 네가 책임질래?"

나는 그 말에 잘못했다며 끅끅대며 사과했다가, 그러다가 문득 나를 보았다. 벌레처럼 몸을 말고 울음을 참는 나를, 우는 게 잘못이기라도 한 것처럼 두려움에 떨고 있는 나를. 울음을 참고,

울어서 미안하다고 말하고, 피곤할 텐데 얼른 자라며 전화를 끊었다. 그 전화를 끊고 난 뒤 모든 것이 명확해졌다. 그에게도, 나 스스로에게도 그가 뱉은 말의 무례함이나 그 말로 인해 상처받은 나의 감정 따위는 중요하지 않다는 것을 깨달았을 때. 그 모든 상황들에 저항할 생각도 못 하는 나를 발견했을 때. 그가 나에게 무슨 짓을 하고 있는지, 내가 나에게 무슨 짓을 하고 있는지 깨달았을 때. 나는 아주 바보는 아니었으므로 어떻게 해서든 빨리 도망쳐야겠다는 생각을 했다. 처음부터 적어도 나에겐 사랑이 아니었던 이 관계로부터.

그는 그 뒤로도 한참 동안 나를 괴롭혔다. 헤어지고 난 뒤에도 나를 쥐고 흔들 수 있을 것으로 착각한 것이 분명했다. 아무렇지 않은 듯 가벼운 말투로 메시지를 보내거나 전화를 걸어왔다. 하지만 이미 그 관계가 사랑이 아니었던 것을 깨달았으므로 흔들릴 이유가 없었다. 나는 아직도 당신 생각만 하면 화가 나서 자다가도 벌떡 일어난다, 대체 나를 왜 그렇게 대했느냐, 는 말 따위를 실컷 퍼붓고 나서야 연락을 멈췄다. 나는 그를 쳐다보느라 한껏 꺾여 있던 시선을 바로잡고 혹시나 내가 다신 없을 버팀목을 놓치는 건 아닐까 전전긍긍했던 연약한 살점을 잘라내는 데 오랜 시간을 보냈다. 빳빳한 목이 유연해지고 연약했던 곳에 굳은살이 대신 박히

기까지 아주 괴로웠지만 모든 면에서 그가 없는 것이 있는 것보다 나았다. 그래, 바로 그거다. 내가 좀 더 어른이 된다면 사는 게 고되어 마음이 약해져 있을 소녀들에게 이렇게 말해줘야겠다. 네 인생에 있어 그놈 따위, 있는 것보다 없는 것이 더 낫다.

순종의 트라우마

어릴 적엔 나도 모르는 사이 엄마를 무시했을 수도 있겠다는 생각이 들었다. 두려운 생각이었다. 그러지 말았어야 할 텐데, 진작에 철이 든 딸이었어야 할 텐데. 이런 때 지난 바람은 대부분의 경우 소용이 없고, 바라는 대로 되지 않는 경우가 훨씬 많다. 그도 그럴 것이 자주 화를 내는 아빠에게 대꾸 한마디 제대로 하지 못하고 그 화들을 가슴에 차곡차곡 쌓아가는 엄마의 모양이 어린 내 눈에도 훤히 보였다. 가난과 행복이 공존할 수 있다는 건 디즈니 만화영화만큼이나 판타지적인 이야기다. 살얼음판 같은 분위기가 집안을 덮칠 때면 딸들은 구석으로 숨어들어 책으로 도피했다. 중학생이었던 내가 쓴 수필에는 이런 표현이 있었다. "허공을 손으로 그으면 검은 무언가가 묻어나올 것 같은 분위기". 그만큼 명백히 아슬아슬한 분위기에서 스스로를 방어하지도 않고, 움츠러들어 있는 딸에게 설명도 하지 않는 엄마가 미운 날이 분명 있었다.

늦은 밤, 불도 켜지 않고 언니와 내가 함께 잠든 방으로 들어와 가만히 등을 토닥여주던 엄마의 손길은 그저 불쌍했다. 포근하다기보다 불안했다. 그래서 나는 잠에서 깬 티를 낼 수 없어 숨을 죽이고만 있었다. 침묵으로 항의하는 엄마가 답답하고 싫었다. 그래서 이런 다짐을 자주 했다. 나는 할 말을 조리 있게 할 수 있는, 그리고 난 뒤 벌어질 일들도 감당할 수 있는 여자가 되어야겠다고. 특히 화를 내는 남자에 대해서는. 다짐은 현재까지 절반도 성공하지 못했다. 나는 때론 남자에게 하고 싶은 말을 하고야 말았지만 누구보다 스스로가 그것을 두려워하는 여자로 자랐다. 게다가 그 뒤에 벌어질 일을 감당하는 것에는 더 자주 실패했다.

그는 나보다 일곱 살이 많았다. 등 뒤에 바이올린을 메고 내가 아르바이트를 하고 있던 편의점으로 들어와 쭈뼛거리며 번호를 물었다. 편의점 유리 너머로 보인 내 모습에 반해 용기 내 들어왔다고 했다. 나를 실수로 이끈 것은 꽤 보기 좋았던 그의 갈색 머리도 아니고, 늘 웃는 모양이었던 눈꼬리도 아니고, 날 위해 냈다고 스스로 얘기했던 그 용기였다. 그런 말들에 약할 수밖에 없었던 스무 살의 나는 그 순간부터 그 용기에 대한 보답으로 내 삶이라도 기꺼이 떼어 나눠줘야겠다고 생각했다. 나는 가진 게 아무것도 없었고 무엇보다 달콤한 말들을 의심할 용기도 없었다.

그에게 삶을 떼어줘도 괜찮을 줄 알았던 것도 오로지 내가 스무 살이었기 때문이다. 그래, 하필 스무 살에 그를 만났던 것이 문제였다. 스무 살이었기 때문에 남들이 다하는 실수를 나도 했다. 실수란 그와 내가 영원하리라고 전제했던 것이다. 그 풋풋함이 그리울 지경이다. 그래서 그가 다른 여자의 손을 잡고 자취방에 들어가는 것을 본 극단적인 사건을 겪은 뒤 나는 스무 살답게 무너졌다. 그 자리에서 "네가 이걸 보지만 않았으면 우린 영원할 수 있었을 텐데."라며 되레 화를 내는 그에게 소리를 질렀다. 그렇게 끝이 난 후 쓰레기가 되어 버린 것 같았다. 그이거나 그와 함께했던 시간이 아니라 여기저기 떼어진 곳 많았던 나의 삶이. 이별이 이렇게 감당하기 힘든 것이라면 두 번 다신 속지 말아야겠다고 생각했다.

또 다른 그는 나와 비슷한 부분이 많은 줄 알았던 사람이었다. 남한텐 냉정했지만 내게만 다정한 모습이 좋았다. 먼저 사회에 나가 직장 생활을 시작한 것에도 흥미가 갔다. 특히나 숫자를 다루는 직업이라는 점이 특별해 보였다. 나는 편의점 시재를 매일 틀려서 시급을 까먹을 정도로 숫자에 재능이 없었기 때문이다. 또 어느 새벽 하늘을 보고 날 떠올렸다던 낭만에도 애가 쓰였다. 시를 좋아하는 내 청춘에 어울리는 연애라는 생각이 들었다. 하지만 환상을 기반으로 한 유일함은 오래가지 못했다.

그는 내게도 숫자를 들이대고 계산을 시작하더니 한없이 냉정해져서 나의 가난과 나의 지식과 나의 외모를 그의 잣대대로 평가하기 시작했다. 나는 처음엔 다정했던 그의 마음에 들지 않게 된 것이 내 탓이라고 생각하게 됐다. 내가 뭔가를 잘못해서 자꾸만 점수가 깎이는 것처럼 느껴졌다. 내 가난이, 배움이, 존재 자체가 잘못이고 이런 나를 그래도 곁에 두는 그에게 순종하는 것이 당연하다고 생각했다. 또 점수가 깎일까 봐 두려워서 할 말을 속으로 삼키고 눈물만 배출하는 날들이 이어졌다. 내가 되기 싫어했던 종류의 여자가 된 줄은 진작 알고 있었다. 그럼에도 헤어 나오는 것은 쉬운 일이 아니었다.

이미 자존감이 낮아질 대로 낮아져 그에게서 버림받으면 다른 어디서도 사랑받을 수 없을 것 같았다. 하지만 끝은 왔다. 나는 연약하긴 해도 멍청한 여자는 아니었다. 어느 날 내게 가방을 들게 하고 앞서 걸어가며 담배를 피우는 그의 뒤에서 콜록거리다 정신을 차렸다. 이별을 말하고도 짓밟힌 나의 존재는 오랫동안 그의 발밑에서 질질 끌려다녔다. 되돌리는 것은 나의 몫이었다. 나는 그가 내게 했던 많은 폭언과 행동들이 가해라고 생각한다. 굳이 확장하고 싶진 않지만 가해와 피해란 그런 것이다. 모든 것이 끝나고 난 뒤에도 남겨진 것은 피해자의 몫이다. 그 발밑에서 내가 연약했음을 인정하고 안간힘을 쓰며 기어 올라오는 데에는 한참이 걸렸다.

그쯤 되자 지긋지긋해지기 시작했다. 무슨 일이 있어도 그렇게 되기 싫었던 형태로 상처받고 있는 내 모습이 가장 지긋지긋했다. 스스로를 사랑하는 강한 여자가 되고 싶었다. 얕은수나 언젠간 깨져 버릴 환상에 휘둘리기 싫었다. 여전히 사람을 바꾸고 세상을 바꾸는 것이 사랑과 감동이라고는 믿었다. 그래서 더욱 이전의 것들이 사랑이 아니었다고 확신했다. 내가 휘둘리지 않겠다는 확신이 들었을 때 또 다른 그를 만났다.

그와의 만남은 서로가 서로에게 무관심했다. 나에겐 내가 더 중요했고 그에게도 그가 더 중요했다. 그러자 상처받는 일이 없어졌다. 의아할 정도로 감정의 기복도 없었다. 큰 소리를 내며 다투는 일은 있었지만 전처럼 속으로 마음을 삼키진 않았다. 그런 마음의 방어가 먼저 허물어진 것은 그쪽이었다. 어느 날은 다투면서도 시종일관 냉정한 내 모습에 헤어짐을 말할까 봐 두렵다며 눈물을 흘리는 그에게서 예전의 내 모습을 보았다. 오히려 그 사실이 상처가 됐다. 그래서 거의 소스라치게 놀라며 헤어짐을 말해버렸다. 잠깐 아팠지만 금방 일상으로 돌아올 수 있었다. 역시 전보다 아픔은 덜했지만 감당하기 힘든 무언가 있었다. 중요한 걸 빠뜨린 것 같은 마음의 공허는 격렬하게 감정을 소모했을 때보다 끝 맛이 훨씬 더 썼다.

그들의 이야기가 진행형이라는 사실을 인정해 본다. 관계는 끝이 났으나 흔적이 사라질 순 없다. 나는 흔한 드라마 장면 속 여주인공이었던 적도 있었고 은근한 폭언 속에서 연약한 존재가 바스러진 적도 있었으며 그것들을 핑계로 상처를 입힌 적도 있었다. 그 흔적들을 만든 나의 모습은 내가 무시하고 답답해하고 불쌍히 여기며 닮지 않을 것이라 다짐했던 모습과 닮아 있었다. 나이를 더해가며 자연스럽게 깨닫게 된 것 중 가장 옳다고 여기는 것은 경험해보면 알게 된다는 사실이다. 나의 경우 경험해야 비로소 이해할 수 있게 되었다는 말로 바꿔야 할 것 같다. 약한 마음으로 살다 보니 그냥 그렇게 되었고 그 순간들에 나를 돌보는 것보다 당장 눈앞에 닥친 것들이 버거웠다. 그것이 나의 경우는 생사와 직결된 먹고 사는 문제였고 엄마도 다르지 않았을 것이다. 나는 이제 어떤 여자가 되어야겠다는 다짐은 그만둔 지 오래다. 아무런 소용이 없다. 아마 엄마도 진작에 그 사실을 알고 있었기에 그저 토닥이며 밤을 지새웠을 것이다.

일상이 눈물겨울 때

일 층이 고깃집이었던 그 원룸은 내가 살아본 방 중에서 가장 넓었다. 매트리스가 하나 깔려 있고 옷장과 행거 등 있어야 하는 물건은 다 있었는데도 그랬다. 적당한 높이의 상자에 또 다른 상자를 납작하게 펴 만든 밥상을 가운데 두고 친구들과 여럿이서 둘러앉아도 그럭저럭 공간이 남았다. 공간과 비례하는 가스비가 걱정스럽긴 했지만 일단 넓으니 숨통이 트이는 것 같았다.

말 그대로 방 하나에 살림살이가 다 들어가는 원룸은 그래도 주방과 일체형이냐 아니냐에 따라 삶의 질이 크게 달라진다. 이 사실을 몸소 느끼게 해준 것도 그 커다란 원룸이다. 침대가 있는 공간과 주방을 가르는 얇은 벽 하나가 이불의 냄새를 다르게 하고 옷의 냄새를 다르게 한다. 그것은 나의 냄새를 지켜내는 문제이고 생각보다 존재의 큰 부분을 차지한다. 그 원룸은 냄새를 빼앗겨야만 하는 쪽에 속했다. 방 하나에 싱크대와 가스레인지와 냉장고와 매트리스와 화장대와 옷장이 다 들어 있었다. 그래서 생선 비슷한 것을 구워 먹는 일은 상상도 하지 않았고 햄이라도 구워 먹으면 기름 냄새가 나는 이불 속에서 잠들어야 했다. 어느 날 빼앗긴 냄새 때문에 올리브영에 들려 유행하는 섬유 향수를 사면서 담담히 이런 생각을 했다. 어쩐지 방이 크더라니. 대학가 넓은 평수 원룸의 월세가 이십오만 원밖에 하지 않는 이유를, 점점 잃어가는 나의 냄새와 맞바꿔 알게 되었다.

싼 게 비지떡이라는 흔한 진리를 그제야 깨달은 것 치고, 나는 무려 자취 오 년 차에 접어들고 있었다. 혼자 사는 것에 능숙해졌다는 착각이 드는 시기였다. 살림살이가 나아진 것은 전혀 없었으나 아무것도 몰랐던 때에 비하면 꾀가 생겼다고 할까. 약간의 우쭐함을 가져다준 그런 생각은 주로 마늘과 대파 따위에서 출발했다. 나이가 들기 시작하니 마늘이나 대파, 청양고추 등은 훌륭한 조미료가 되어주었다. 그전에는 다 된 음식에 들어 있어도 빼고 먹기 바빴던 그것들이 갑자기 맛있게 느껴지기 시작하는 순간을 거쳤던 것이다. 그때부터 그 어른의 채소들은 간편하게 식사의 즐거움을 올려주었다. 전처럼 똑같이 계란에 간장을 넣어 비벼 먹어도 청양고추나 마늘을 넣으면 훨씬 그럴싸한 식사가 되었다. 분명 똑같은 라면인데 대파를 넣으면 요리처럼 느껴졌다. 나는 마늘과 대파를 한가득 사 온 다음 한참 동안 손질해서 냉동실에 넣어 보관하기 시작했다. 마늘을 빻은 것과 편 썰기한 것 두 종류로 나눠

서 보관하고, 대파는 잘게 썰어 지퍼백에 담았다. 시간과 여유가 없어 있는 대로, 되는 대로, 가능한 대로 때우던 이전의 끼니들에 비하면 얼마나 능숙해진 식사인가.

맛도 맛이지만 나는 그렇게 아무 데나 마늘과 대파를 넣어 먹는 나 자신의 행위에 도취되어 있었다. 마트에 가서 장을 본다. 주로 마늘과 대파, 기분이 내키면 청양고추를 산다. 청양고추는 다른 것들과 다르게 한번 얼리면 맛이 덜해지는 기분이다. 그래서 내킬 때만 산다. 장 봐온 것들을 손에 들고 집으로 돌아와 하나씩 풀어본다. 먼저 대파부터 손질한다. 시간이 덜 걸리기 때문이다. 대파를 도마에 올려놓고 칼을 들어 썰기 시작한다. 서투른 칼질이지만 괜히 딱, 딱, 딱 어디선가 들어본 빠른 리듬을 흉내 내려고 애써본다. 다 썰어서 지퍼백에 담은 다음 냉동실에 정리하면 그렇게 뿌듯할 수가 없다. 그 과정은 마늘을 손질해 넣는 것까지 이어지고, 나는 그러는 동안 계속해서 들떠 있다.

그렇게 능숙한 삶의 증거를 양손 가득 쥐고 온 날이 있었다. 이 킬로그램짜리 생마늘을 모두 빻거나 편 썰어 냉동실에 넣어 둘 요량이었다. 싱크대 쪽 바닥에 신문지를 깔고 앉아 마늘을 빻기 시작했다. 일도 아니라며 시작했던 마늘 빻기가 삼십 분이 넘게 이어지자 진짜 '일'이 되기 시작했다. 눈이 매운 것은 둘째 치고 손끝에 매운맛이 배어들어 아려왔다. 진짜 어른이 된 듯한 기분에

도취된 것도 잠시, 요리 흉내가 가져다 준 마약 같은 황홀함은 지속력이 짧았다. 나는 그것을 그제야 알게 되었다. 어느새 노동이 되어 버린 마늘 빻기는 그 후로도 몇십 분가량 더 이어졌다. 변변치 않은 다이소 천 원짜리 플라스틱 도마 때문에 시간이 더 늘어나는 것 같아 괜히 짜증이 나는 것도 같았다.

나는 그날 밤 잠 들지 못했다. 예상치 못했던 노동에 몸은 천근만근 무거웠지만 해가 다시 뜰 때까지 조금도 잠들 수가 없었다. 다음 날 아침까지 이어진 몽롱한 각성 상태에서 학교 갈 준비를 했다. 정신을 차려야겠다 싶어 샤워를 하고 나오는데 방 안에 온통 마늘 냄새가 가득했다. 심지어 방금 막 씻고 나온 내 코끝과 손끝에서도. 매운 냄새가 가득한 방 안에서 아린 손끝을 코에서 최대한 멀리 떨어뜨려 놓고, 기력 회복에 좋다거나 정력에 좋다거나 온갖 기운을 차리는 데 좋다던 마늘의 효과를 떠올려보며 확신했다. 잠 못 들었던 밤은 마늘 냄새 때문인 것이 분명하다고. 혹은 내 냄새를 지켜주지 못한 벽의 부재 때문이라든가.

나의 냄새를 잃어버렸던 그 방과 마늘 냄새로 잠들지 못했던 밤이 다시 떠오른 것은 고향집에서 아침을 맞았을 때였다. 모두가 나를 배려하는 것이 분명한 조심스러운 소음들에도 불구하고 눈이 일찍 떠졌다. 나 외의 다른 존재가 있는 공간에서 숙면을 이루기까지는 낯선 만큼 아직 갈 길이 멀다. 항암 치료로 인해 기력이 쇠한 엄마 대신 언니가 간단한 식사를 준비한다. 그릇과 그릇이 부딪히는 소리, 간혹 들리는 싱크대의 물소리, 그런 소리들을 벽 너머로 느끼면서 누워 있었다. 기억하려고 애써 보면서. 저런 소리들을 또 들은 적이 있었다. 아주 어릴 적 엄마 아빠가 주방 바닥에 마주 앉아 믹스커피를 타 마시던 소리들. 낮은 목소리가 벽 너머로 들려왔고 커피를 후후 불어 마시는 소리가 들려왔다. 그리 다정하지도, 따뜻하지도 않은 대화의 소리들. 행복하기보다 절망스러워 어린 나를 일찍 자라게 했던 가난의 대화들. 그런데도 벽 너머의 대화를 듣던 순간들을 그리워하는 스스로를 깨닫는 것은 무척이나 눈물겨워지는 일이었다.

존재의 상실을 다툼에 있어서 중요한 것은 벽의 부재도, 마늘이나 대파 따위도 아니다. 알면서도 몰랐던 사실들을 한참이나 지나고 난 뒤에 인식한다는 것은 얼마나 허무하면서도 중요한 일인가. 나를 들뜨게 한 것이 요리를 흉내 내는 근사한 기분이 아니라 그리운 일상을 재현하는 것이었다는 사실은 얼마나 애처로우면서도 사랑스러운 일인가. 사람을 살게 하는 것에 대해 누구나 문득 깨닫게 되는 순간들이 있다. 벽 너머로 들려오는 소리에 그리움을 느끼는 순간 같은. 얼른 언니를 도와주러 나가야지, 그런 생각을 하면서도 가만히 눈을 감고 누워있었다. 이런 일상을 그냥 흘려보내는 것이 얼마나 아까운 줄을 알게 된 사람은 종종 이렇게 발버둥을 친다.

연약함을 들키는 일

내가 겁이 많고 연약한 인간이라는 사실을 가장 늦게 안 사람은 나 자신이다. 그 사실을 어렴풋이 알기 시작한 것은 비교적 최근의 일이며 그전에는 스스로의 강인함에 대해 믿어 의심치 않았다. 우울감에 빠지거나 눈물을 흘리는 일은 자주 있었지만 그로 인해 삶이 더 나빠질 만한 선택을 한 적은 없었기 때문이다. 그것만으로도 완전히 무너지진 않을 수 있었고, 그 형상은 나를 속이고 또 속여 왔다.

미성년을 지나 성인이 된다는 것은 미처 알지 못했던 것들을 깨닫고 겪을 줄 몰랐던 일들을 겪기 시작한다는 것이다. 대학생이 된 나 역시 그러한 과정을 격렬하게 앓아 많은 변화를 겪고 있었다. 내성적인 성격에 낯을 많이 가려 처음 보는 사람에게 말 한마디 건네기 힘들어했던 나는 갖가지 아르바이트를 하면서 수많은 낯선 사람들에게 "어서 오세요."라는 말을 건넸다. 친구에게 전화를 걸 때조차 몇 번을 망설일 만큼 말주변도 없었는데, 호프집에서 정직원으로 일하면서는 술에 취해 따지고 드는 사람들의 말이 안 되는 말을 말이 되는 말로 수십 번씩 고쳐 말해주어야 했다.

가장 낯설고 적응이 어려웠던 것은 나를 내려보아도 될 사람이라고 확신하고 깔보는 사람들을 대하는 일이었다. "야." 혹은 "어이."라고 불리는데도 불구하고 그들 앞에 달려가 "필요하신 것 있으세요?"라고 대답하는 순간 그러한 상하 관계는 사실이 되어버렸다. 내가 당신들에게 어떠한 반격도 하지 못할 것이라는 사실을 믿어 의심치 않는 사람들은 아무렇지 않게 나를 함부로 대했다. 슬쩍 머리카락이나 엉덩이를 스치는 성추행, 자기네들끼리 "살아 있네." 등의 영화 대사를 따라 하며 낄낄거리는 성희롱, 담배를 사다주지 않는다는 이유로(그때 당시에는 호프집에 따로 금연구역이 없었다) 들어야만 했던 욕설까지 모든 것이 지워지지 않을 생채기가 되었지만 나는 그 사람들의 믿음을 배신할 수 없었다. 아무런 반격을 할 수 없었고, 그저 심한 날엔 고시원에 돌아가 혼자 서러워할 뿐이었다.

호프집에서 일 년은 정직원으로, 나머지 시간은 아르바이트생으로 합쳐서 삼 년 가까이 일하는 동안 조금은 그런 일들에 무뎌지게 되었다. 나는 변해가는 스스로의 모습이 마음에 들었다. 날이 선 말 한마디에 눈도 마주치지 못하고 떨어대던 모습이나 모욕적인 말을 듣고 억울함에 엉엉 울어댔던 모습보다는 한 귀로 듣고 흘려버릴 줄 아는 것이 더 현명하게 보였던 것이다. 물론 상황이 달라진 것은 아니었다. 나는 여전히 그들이 나를 무엇이라고 부르든 달려가 필요한 것을 내놓아야 했다. 그래서 스스로를 마음에 들어 했던 것이 결코 그들에 대한 승리일 순 없었지만 중요한 건 그게 아니었다. 나는 내가 성장했다고 느꼈다. 사회 생활을 통해 조금은 강인해졌다고, 어쩌면 다른 또래보다 더 단단해졌을 수도 있겠다고 생각했다.

"니 성격이 많이 변했네."

그러한 나의 도취를 성격이 많이 변했네, 하는 말로 확인시켜 준 사람은 고등학교 때의 친구 봄이였다. 봄은 가끔 나를 놀라게 했는데, 가장 관심 없을 것 같이 털털하게 굴면서 각별한 관심이 없다면 하지 못할 말들을 뱉곤 했기 때문이다. 그 말들은 주로 잘 들어맞는 편이었고 성격이 변했다는 말도 부정할 필요 없는 사실이었다.

"맞제? 내 생각에도 그렇다."

꽤 뿌듯한 기분으로 대답했던 것 같다.

고등학교 때 대인관계가 좁았던 나와 달리 쾌활하게 두루두루 어울렸던 봄은 항상 무리의 가장 뒤편에 있는 내 어깨에 아무렇지 않게 손을 두르고 여기저기 끌고 다녔다. 가장 처음으로 이

친구에게 놀랐던 것도 그 어깨동무 때문이었던 것 같다. 여자아이들끼리 흔하게 하는 스킨십, 팔짱 끼기나 손잡기는 익숙한 편이었지만 봄을 알기 전까진 누구도 내 어깨에 손을 두른 적이 없었다. 봄과 나는 같은 반이었던 적이 한 번도 없었지만 삼 년 내내 친구였다. 급식 시간마다 함께 밥을 먹고, 기숙사 같은 방을 쓰고, 야자가 끝난 뒤 야식도 함께 먹었다. 항상 나를 애정을 담아 "으이그 찌질아." 하며 불러댔던 봄에겐 늘 주눅 들어 있고 말 없던 내 모습이 익숙했을 것이다. 그런 봄이 내 가정환경을 알았던가 몰랐던가, 그것은 분명하지 않다. 다만 나는 봄에게서 많은 물건을 빌려 썼다. 건조하기 짝이 없는 기숙사의 겨울날 바디로션이 없어 얼굴에 바르는 로션을 다리에 발라대고 있으면 "이거 써라."라며 제 것을 건넸고, 어느 정도는 그런 일들이 익숙해져 있을 만큼. 봄은 묻지 않아도 알 수 있는 말은 굳이 확인하지 않는 희귀한 아이였다.

그런 봄이야말로 변한 나의 성격을 가장 잘 느낄 수 있는 사람이었을 것이다. 고등학교 때의 다른 친구들은 연락이 끊긴 것이 대다수였고, 대학교 때 새로 사귄 친구들은 나의 과거를 알지 못했기 때문이다. 그래서 봄이 보기에도 그렇다면 나는 정말 강해졌구나, 하고 생각했다. 가까운 친구에게 변한 모습을 보이는 기분이 나쁘지 않았다.

원래 다른 지역에서 학교를 다니고 있는 봄은 내가 다니는 대학교 앞에까지 놀러 온 참이었다. 우리는 이런저런 얘기를 하며 시간을 보냈다. 둘 다 말이 많은 편은 아니었으나 고등학교 때 알던 친구들이 어떻게 생활하고 있고, 각자의 대학 생활은 어떤지에 대해 이야기 하다 보니 한참이었다. 그렇게 얘기 나누다 돌아갈 시간이 되었을 때 우리는 지하철역까지 걷기 시작했다. 대학교 앞의 거리는 늘 사람들로 붐볐다. 특히나 지하철과 학교의 중간지점을 차지하고 있는 사거리는 "그 사거리 앞에서 보자."는 종류의 약속 장소로도 유명했다. 그날도 사람이 많았고 몸을 사리며 신호가 바뀌길 기다리고 있는데 한 여자가 다가왔다. 여자는 어리둥절한 내 눈앞에 뭔가 써진 종이를 불쑥 내밀었다. 종이에는 삐뚤한 글씨가 가득 쓰여 있었는데, 내용은 대충 다음과 같았다. 본인이 말을 잘 하지 못하는 장애인이며 돈이 없어 집에 돌아가지 못하고 있다는 것이다. 버스비로 사용할 몇천 원만 빌려준다면 은혜를 잊지 않겠다는 내용이었다. 나는 단숨에 그것이 사실인가에 대한 의심이 들었지만, 내 눈을 똑바로 바라보며 자꾸만 종이를 들이미는 여자를 차마 뿌리치지 못했다. 동정심이 들어서인지 기세에 눌려서인지 어찌할 바를 모르고 얼떨결에 지갑에 갖고 있던 오천 원을 고스란히 내어주고야 말았다. 그 오천 원이 다음 아르바이트 월급 전의 전 재산이었던 것은 여자가 떠난 뒤에야 불현듯 생각이 났다.

옆에서 지켜보던 봄도 당황하긴 마찬가지였다. 저런 행위가 구걸의 한 가지 방식이라는 것을 알면서도 단호하게 뿌리치기에는 둘 다 어렸다. 나는 "변했다."는 말을 듣고 뿌듯해 있던 참이었기에 부끄러운 마음도 함께 들었다. 결국 횡단보도를 건너면서 봄에게 털어놓았다. 아마도 저 여자의 종이에 쓰였던 글은 사실이 아닐 것이며, 나도 모르게 내어준 저 오천 원이 내 전 재산이었다는 것을. 나는 거의 울기 직전이었던 것 같다. 봄과의 만남에서 쓰일 돈을 계산한 끝에 남길 수 있었던 오천 원은 내게 너무나 소중한 돈이었다. 오천 원으로 무얼 할 수 있나 생각할 수도 있겠지만 그것이 생계가 된다면 문제는 달라진다. 오천 원이 월급날까지 버틸 돈이라면, 그 돈은 딱 그 시간의 가치와 같은 것이다. 순식간에 그 시간들을 잃고 눈에 띄게 당황하는 나를 보며 봄은 지금까지도 그랬듯 궁금했을 질문들을 하지 않았다. 어째서 오천 원이 전부냐, 그러면 다음 월급날까지 어떻게 할 거냐, 사기인 줄 알면서 왜 내줬냐, 하는 그런 질문들.

"이거 써라."

봄은 지갑에서 꺼낸 지폐 몇 장을 선뜻 내게 건네주었다. 참 어울리지 않는 광경이었다. 친구에게 돈을 받는다는 사실도 그랬지만 나는 그때 누군가로부터 생활에 필요한 돈을 받아쓰는 것 자체가 낯설었다. 나는 오천 원을 내주었을 때와 마찬가지로 얼떨결에 그 돈을 받았다. 봄은 더 이상 아무 말도 하지 않았지만 마음속으로 안심하는 나를 알고 있었을까. 그리고 생각했을지도 모른다. 변한 줄 알았더니 변하지 않았네, 하고.

그 뒤로도 나는 그 일이나, 내 성격이 원래 어땠는지에 대해서는 까맣게 잊은 채 강해지는 스스로를 믿고 격려하며 지냈다. 그러던 내게 스스로의 연약함을 마주하는 순간은 예고 없이 다가왔다. 어떤 사건처럼 '발생했다'고 표현할 수도 있을 것 같다. 수차례의 항암 치료 후 수술이 불가능하다는 처음의 진단을 번복할 정도로 상황이 나아진 엄마는 눈이 내리던 날 수술실에 들어갔다. 나는 그때도 담담했으며 그것이 당연하다고 생각했다. 그런데 그로부터 시간이 흘러 정말 아무것도 아닌 날, 방사선치료를 위해 언니와 엄마가 새벽 일찍 서울로 떠날 때, 비몽사몽한 상태로 두 사람을 배웅하고 집에 혼자 남겨진 나는 몸을 잔뜩 웅크릴 수밖에 없었다. 무서운 상대를 발견한 연약한 동물이라도 된 것처럼 최선을 다해서. 두려움이나 어찌할 줄 모르겠는 마음 같은 것을 다스릴 줄 알게 되었다고 확신했는데 문득 몰아친 두려움을 감당할 수 없었던 것이다. 모두 떠난 집의 빈 공간이 두려워졌고 그날 하루를 어떻게 지내야 할지 모르겠다는 생각이 들었다. 엄마의 상태는 분명 전보다 나아졌고, 두 사람이 서울로 안전하게 갈 것이 분명한데도 그랬다. 영문도 모른 채 이불을 몸에 말고 천장을 바라봤다. 어렴풋하게 보이는 형상들이 내가 나인 줄 알았던 모습들인 것만 같았다. 그러다 보니 확신이 드는 것이다. 나는 아직도 연약한 존재라는 것에 대한 확신이.

그러한 맥락 없는 갑작스러운 순간에 내가 떠올린 것은 그 오천 원이었다. 내가 써 내려가는 글들을 읽고 너 참 그동안 수고했구나, 말해주었던 봄은 어쩌면 지금도 알고 있을까. 나만 몰랐던 나의 연약함에 대해. 알고도 내게 수고했다 말해주었던 것이라면 들켜도 되는 일이라는 생각이 들었다. 나는 스스로가 연약한 사람이라는 사실을 인정하기 두려워했던, 어쩌면 항상 겁에 질려 있던 사람이라는 사실을.

술의 맛

대학가의 밤공기 한복판에 서 있자면 이유 없는 감정이 찾아
온다. 설레는 것 같기도 하고 슬퍼지는 것 같기도 하다. 시끌벅적
한 술집 골목을 지날 때나, 어느 순간 갑자기 조용해지는 원룸 골
목을 지날 때나, 학교를 향하는 것이든 지하철을 향하는 것이든
상관없이, 괜스레 들뜨고 마음이 젖어 드는 것이다. 사실 흔하게
불리는 감정의 결합으로는 설명할 수 없는 애매한 기분인 것 같기
도. 그것은 대학가의 밤에 얽힌 수많은 사연 때문이리라 짐작할
수 있겠지만 그런 사연 따위 아무것도 몰랐던 처음부터 그랬다.
왠지 그날 밤은 내가 아닌 것 같은 행동을 해야만 시간과 공간으
로부터 인정받을 수 있을 것만 같았다.

내가 아닌 것 같은 행동이라 해도 거창할 리는 없다. 그저 알
코올을 한 모금 마셔보는 것뿐이었다. 수능 직전 친구들끼리 기숙
사에서 샴페인을 나눠 마실 때, 무려 '나 빼고 다 마시는' 상황마
저 이겨내고 입에 대지도 않았던 알코올이었다. 성인이 술을 마시

는 일이니 사실 일탈이랄 것도 없었다. 하지만 처음 해보는 어떤 행동, 그 자체만으로 가슴이 두근거렸다. 정말로 어른이 된 기분이랄까. 그런 기분을 느끼는 것이 어른이 아니라는 증거임을 그땐 알 리 없었다. 완전히 최초의 술이 아닐 수 있으나 어쨌든 내 기억에 남아 있는 가장 처음의 술, 그 술의 안주는 무한 리필 홍합탕이었다. 홍합이 산처럼 쌓여서 국물이 보이지도 않는 홍합탕. 성의라곤 없이 대충 끓인 것을 내가 봐도 알 수 있었지만 아무래도 상관없었다. 대학생들에게 안주 따윈 그다지 중요하지 않기 때문이다. 어쨌든 홍합탕이라는 음식과, 언뜻 봐도 홍합탕 국물보다 훨씬 많은 것 같은 초록병 안의 액체와, 술자리에서만 경험할 수 있는 노골적인 대화들, 그것들은 하나도 빠짐없이 죄다 낯설었다. 하지만 이미 그 낯섦을 즐기려 작정했으므로 마침내 찾아온 일탈을 위해선 안성맞춤이기도 했다. 가까운, 혹은 까마득한 학과 선배들, 나를 포함한 몇 명의 신입생들이 함께였다. 소주 맛은 설레는 것 같기도 하고, 슬퍼지는 것 같기도 하고, 어쨌든 흔한 말의 결합으로는 설명하기 힘든 그런 맛이었다. 대학가의 밤과 같은 맛. 흥이 올라 겁도 없이 몇 잔을 내리 마셨다.

숙취는 구역질의 연속이었다. 시원스레 토가 나오지도 않으면서 머리가 깨질 듯이 아프고 구역감이 올라왔다. 술을 마신 뒤의 필연적인 과정이 이런 것이라면 다시는 그 맛도 없는 액체를 입에 대지 않겠노라 다짐했다. 그 와중에 혹시나 실수를 하기 싫어 차라리 침대 대신 변기를 택했다. 기숙사 공용 화장실은 하루 종일 사람이 없는 시간이 없다. 휴지통이 깨끗이 비워져 있어도, 눈에 띄는 얼룩이 없어도 항상 코를 시리게 하는 냄새가 났다. 얇은 화장실 문 밖의 인기척과 구역감을 가중시킬 뿐인 냄새를 느끼면서도 낡은 변기통 앞에서 살풋 잠이 들었다 깨기를 반복했다. 화장실에서 그리 멀지도 않았던 내 방의 침대로 가지 않는 건 놀랍게도 선택에 의한 것이었다. 한편으론 그렇게 내적인 난리를 겪는 동안에도 여전히 몽롱한 정신이 신기했다. 이 난리통에도 각성하지 못하는 정신이라니. 이래서 다들 술을 마시는 건가. 혹시나 현실을 피하고 싶거나 살아갈 용기가 나지 않을 땐 이것이 약이 될 수도 있겠구나. 그런 꿈을 꾸며 변기통을 붙잡고 있었다. 언젠간 나도 그 알 수 없었던 소주 맛이나 지금의 숙취를 스스로 원하게 되는 날이 올까. 그때 나에게 음주는 과연 선택일 수 있을까.

알코올에 본능적으로 취약함을 느낀 첫 경험 뒤로 술을 잘 못 마셔서, 라는 변명을 하고 다녔다. 그랬던 내가 수제 맥줏집에서 아르바이트를 시작하게 된 것은 오로지 그곳의 시급 때문이었다. 첫 아르바이트였던 편의점에서 그 돈 받고 일하냐는 소리를 들을 만큼의 금액을 받았으므로 시급은 중요한 문제가 되었다. 그 수제 맥줏집은 내가 지냈던 대학교 기숙사에서 지하철로 딱 다섯 정거장이 떨어진 곳에 있었다. 역에서 내려서는 십 분이 조금 넘는 거리를 걸어야 했다. 갈 만한 거리라고 생각했고, 실제로 나는 약 삼년의 시간 내내 그 거리를 오갔다.

그러는 동안 많은 것들에 익숙해졌다. 학교 일과를 마친 뒤 지하철로 향하는 순환 버스, 지하철에서 보내는 딱 다섯 정거장만큼의 시간, 계단을 걸어 올라가면 프랜차이즈 햄버거집이 가장 먼저 보였던 십이 번 출구, 늘 같은 자리에서 꽈배기를 팔며 사진처럼 존재했던 노부부. 나중의 이야기지만 맥줏집 아르바이트를 그만두고 우연한 일로 약 사 년 만에 다시 그 길을 걷게 되었을 때, 나는 옆에서 함께 걷는 사람에게 나답지 않게도 참 많은 이야기를 했다. 햄버거집 위층 카페가 바뀌었네, 원래 있던 카페에 자주 들르곤 했었는데. 저 고깃집은 월급날에 함께 일하던 언니와 가곤 했어. 저기도 이십사 시간이라 새벽에 가도 괜찮았거든. 원래 저 자리엔 꽈배기 파는 어르신들이 계셨는데. 이젠 안 보이네. 그저 자리를 옮기신 거겠지? 그런 거였으면 좋겠다. 그러고 보니 많은 게 바뀌었구나. 정말 기분이 이상해.

수제 맥주는 세 종류였다. 필스너, 바이젠, 스타우트라는 독일 맥주들. 아르바이트를 시작하자마자 가장 먼저 외운 것이 술과 안

주의 종류였다. 안주는 그럭저럭 익힐 만했지만 맥주는 설명을 들어도 머릿속에 들어오지 않았다. 이쪽은 보리 맥주라 목 넘김이 좋고, 저쪽은 밀 맥주라 향이 강하다고 하는데, 내겐 다 똑같기만 한 목 넘김과 술 향이 어떻다는 건지 도무지 이해가 가지 않았다. 결국엔 입으로만 외워 발표하듯 설명할 수밖에 없었다. 거기서 조금 벗어난, 예를 들어 어느 맥주를 여성분들이 더 좋아해요? 라거나 어느 맥주가 단맛이 나나요? 라는 것과 같은 질문이 들어오면 얼굴이 빨개져서 더듬거리기 일쑤였다. 단맛이… 난다구요? 대부분 아빠뻘이거나 아빠보다 조금 더 나이가 들어 보였던 짓궂은 손님들은 당황한 기색이 역력한 어린 아르바이트생을 고이 넘기지 않았다. 그렇게 곤란을 겪은 뒤 학구열을 가지곤 몇 모금씩 마셔보아도 역시나 내겐 다 똑같이 따갑고 지독하기만 할 뿐이었다. 덕분에 맥주 맛에 대한 조예가 아니라 능글맞은 손님들의 말에 상처받지 않을 수 있는 맷집만이 늘어갔다.

고집스럽게 술맛을 깨닫지 못하고, 그럼에도 아르바이트를 계속하는 동안엔 우습지만 취하고 싶은 일들이 주로 일어났다. 담배를 사 오지 않는다며 욕설을 듣고, 혼잡한 틈을 타 느껴지는 엉덩이 위의 손에 어이를 잃고, 누군가 화장실 벽에 낙서마냥 그려놓은 똥칠을 닦아내는 내내 차라리 정신이 몽롱해졌으면 싶었다. 그 날도 그런 날이었다. 내가 술맛을 알았더라면 취한 김에 잊어버리고 말았을까, 싶은 그런 날. 사장과 친하다는 어느 부부는 꼭 술을 한 시간쯤 먹은 뒤엔 말다툼을 시작했다. 타인에게 저런 험한 꼴을 보여주고 싶어 안달 난 변태적인 취향이 아닐까 싶기도 했다. 일주일에 한두 번은 꼭 함께 오면서 그중에 한 번도 빠지지 않고 귀가할 땐 각자 돌아갔다. 그랬다가 어김없이 그 다음 주가 되면 팔짱을 끼고 자리에 앉아 맥주를 시키는 것이었다. 자주 시켰던 안주는 소시지 모둠. 달가울 리 없는 그들의 방문에 꼭 시켜도 무거운 것만 시킨다며 툴툴대기도 했다. 지켜보고 있자면 아주 자극적인 두 단어를 이어붙인 유명한 티브이 프로그램이 생각나곤 했다. 사랑과 전쟁. 딱 그 꼴이었다. 하지만 그런 관전도 내가 그 프레임에 포함되지 않을 때나 가능한 것이었다.

그날도 서로를 죽일 것처럼 소리를 질러대며 싸우던 부부는 결국 그 무거운 소시지 모둠 접시를 던져 깨버렸다. 날카로운 소리에 깜짝 놀라 살펴보니 이미 남자 쪽은 자리를 떠난 뒤였다. 여자는 분에 못 이겨 온몸을 떨며 덩그러니 앉아 있었다. 그 주위에는 접시의 조각들, 삼십 초 전만 해도 파우치에 담겨져 있었을 화장품들이 신경질적으로 흩어져 있었다. 저걸 다 언제 치우나, 여자가 자리를 뜨면 얼른 접시 조각부터 쓸어 담아야지, 하고 빗자루를 챙기려는데 벨이 울렸다. 그 여자였다.

"필요한 거 있으세요?"

의아한 표정을 숨기지 못한 게 마음에 걸렸지만 여자는 나를 쳐다보지도 않고 말했다.

"주워."

"… 네?"

"주우라고."

"아, 깨진 접시는 제가 쓸어드릴게요."

"아니, 주우라고, 내 화장품, 파우치에 주워 담으라고."

황당한 것은 명백히 나뿐이었다. 여자는 본인에게 있어 너무나도 당연한 것을 당연한 사람에게 시킨 것이었고 거기서 나에게 이런 걸 시켜서는 안 된다고 생각하는 사람은 나 하나밖에 없었다. 처음처럼 얼굴이 달아올랐다. 어려운 일은 아니었지만 하기가 싫었다. 화장실 벽에 똥칠도 지우고, 하루가 멀다 하고 소변기의 토사물을 퍼 내리곤 하는데, 이상하게도 그 일을 하기가 너무나도 싫었다. 아, 네, 주워드릴게요, 하고 몸을 숙이곤 여자가 던져 버린 감정의 찌꺼기를 주워 담는데 미치도록 술 생각이 나는 것이었다. 나는 맥주의 목 넘김도 모르고, 향이 다른 것도 모르겠고, 소주 맛은 더더욱 모르겠는데, 술에 취하고 싶었다.

그래서 술맛을 모르지만 술을 마시는 청춘이 되었다. 저 친구는 술맛을 알까, 저 여자는 언제부터 술을 마시기 시작했을까, 저 사람에게 술은 뭘까, 이런 고민을 골똘히 하는 진지한 사람이 되었다. 그 상습적인 고민은 특히 내 또래의 어느 여자아이들과 눈이 마주쳤을 때 긴긴 불면의 밤을 가져다주었다. 새벽 여섯 시까지 가게를 지키고 있다 보면 이상한 조합의 손님들이 오곤 했다. 그중에서 가장 쳐다보기도 싫었던 조합은 내 또래이거나 나보다도 어려 보이는 여자 아이와 오십 대는 너끈히 넘어 보이는 남성의 조합이었다. 굳이 알려 하지 않아도 알게 되는 그들의 관계는 피곤하기 짝이 없는 새벽의 근무를 더욱 견디기 싫게 했다. 그런 테이블에 서빙을 할 때는 일부러 여자 쪽을 쳐다보지 않았다. 왠지 미안한 마음과 짜증스러운 마음, 상처주기 싫은 마음에서였다. 그러나 어쩌다, 그런 노력에도 불구하고 정말 어쩌다 그 아무것도 살아있지 않은 눈빛과 마주치면, 하염없이 고민을 하게 되는 것이었다. 우리는 술맛을 영영 모르고 살 수는 없었을까. 그런 고민들.

안녕, 가여운 나의 시절

오죽하면 결코 돌아가고 싶지 않은 청춘이었다. 아파야 청춘이라면 내가 바로 청춘의 대명사라 할 수 있겠다. 절대적인 어느 기준에서 나의 괴로움이 치사량이었노라 건방진 이야기를 하고 싶진 않다. 다만 내가 나의 삶을 돌아볼 때 나는 불쌍하기 이를 데 없는 새파란 젊음이었다, 라고 적었다가 젊음이라는 말이 아무래도 또 건방진 것 같아 조금 고쳐본다. 새파랗다기보다 핏기마저 덜 가신 어린이였다. 왜냐하면 나는 가난이라는 운명에서 긍정적이기보다 비관적이었으며, 밝게 웃기보다 엉엉 울었으며, 들장미 소녀 캔디라기보다 어느 비극이든 닥치는 대로 끼워 맞추는 비운의 여주인공이었기 때문이다. 나는 한없이 스스로를 불쌍히 여기고 그럼에도 불구하고 살아는 있으므로 잘 버티고 있다고 소문냈다. 소문을 들은 누군가 찬사와 비슷한 동정 하나를 던져주면 그것을 가슴에 훈장처럼 달고 존재의 증명이라 여겼다. 참 많이 울면서 지냈다.

가볍고 즐거운 이야기를 써보는 게 어떻겠냐고 했다. 글을 읽는 독자들이 숨이 찰 수도 있다고 했다. 좋은 조언이라는 생각이 들어 한껏 가벼운 글을 썼다. 그런데 그 글도 무겁다는 이야기를 들었다. 그렇다면 대체 어떤 글이 가볍고 즐거운 글인지 한참을 고민해 봐도 알 수가 없었다. 분명 웃고 지낸 적도 많았던 것 같은데 쓰고 싶은 장면 속의 나는 울 준비를 하는 중이거나 울고 있거나 끝내 울어버리거나 했다. 기껏 생각해낸 웃어넘길 수 있는 사건도 남들이 보기엔 불쌍하거나 안타깝거나, 어쨌든 유쾌하지 않은 모양이었다. 무엇이 내 시절들을 웃음기 하나 없이 지루한 지경으로 만들었는지 고민스러웠다. 내 글을 읽은 사람이 아주 행복하기를 바라는 것은 아니었지만 찝찝한 감정의 원인이 되는 건 더욱 원하지 않았다. 그런데도 너 이런 일도 있었잖아, 이걸 써보는 건 어때? 하는 예시까지 들었지만 마음이 동하지 않았다. 그 가볍다는 일을 글로 쓸 수는 있겠으나 진심을 담기는 어려울 것 같았다. 그 일을 설명하는 내 글에 감정이 실리지 않을 것이 뻔히 보였다. 이쯤 되니 외면할 수 없어졌다. 나는 기록 속의 내 모습이 행복하길 바라지 않았던 것이다.

고백건대 내가 행복하길 바라지 않았던 나는 평범한 순간에도 자주 울음을 터뜨렸다. 한번은 자취방에 자러 온 언니에게 새우버터구이를 해준 적이 있다. 언니와는 같은 대학교에 다녔지만 거의 예외 없이 번갈아 휴학한 탓에 함께하는 일이 많지 않았다. 그런 언니가 내 자취방에 자러 오는 일은 손에 꼽고도 손가락 몇 개가 남을 정도로 적었다. 그 귀한 밤에 언니에게 내준 요리는 하필 새우 버터구이였다. 새우를 좋아하는 언니의 취향을 고려하고 큰맘 먹고 버터를 사서 만든 요리였다. 버터는 자취생이 사기엔 너무나도 비싼 고급 재료이고, 그 버터로 대접하고 싶은 마음을 대변한 나를 언니도 이해했다. 우린 바닥에 종이 하나를 깔고 프라이팬을 얹은 채로 구부정하게 새우를 먹었다. 언니는 진심으로 맛있게 먹은 것 같았다. 나도 잘 구워졌네, 하며 먹었던 것 같다. 그렇게 평범한 장면인데 며칠 뒤 나는 그 장면을 떠올리며 베갯잇을 적셨다. 그 순간이 너무 귀하고 불쌍해서 눈물이 났다. 깔깔대며 웃어넘기는 추억일 수 있었을 텐데 기어이 가여운 장면으로 남겨졌다.

또 한번은 생리통에 지쳐 앓아 누워 있는 나에게 남자친구가 찾아왔다. 지하철 네 정거장 거리를 걸어서 왔다. 겨울의 한복판, 몸의 열을 세상이 다 앗아가는 것 같이 추운 날이었다. 그의 손에는 검은 비닐봉지가 들려 있었다. 바스락거리는 비닐은 차가웠으나 안에 들어 있던 순대는 온기를 머금고 있었다. 입이 얼어 뭉개진 발음으로 요즘엔 왜 순대 파는 곳이 별로 없냐며 툴툴대는 볼이 너무 차가웠다. 순대를 입에 넣고 그의 볼에 손을 대는데 속절없이 울음이 터졌다. 그는 한겨울의 순대보다 귀한 웃음을 터뜨리며 엉엉 우는 내 모습을 카메라로 찍었다. 나는 볼이 너무 차갑다는 말을 열 번도 더하며 눈물을 뚝뚝 떨어뜨렸다. 그에겐 그 일이 떠올리면 웃음 나는 추억이 되었지만 나에겐 울컥하는 눈물 어린 사건이 되었다.

그렇게 내가 나를 불쌍히 여기며 버텨온 세월이 지나가고 있다. 이제는 지나가고, 있다. 눈물 짓게 한 것은 다른 무엇도 아닌 나였노라고 받아들이기가 무섭게 일상이 변해간다. 사실은 가난이 아닌 내가 주체였음을 독자로 주연을 직면하기 시작하자 알 수 있었다. 그런 눈물뿐인 과거가 무색하게, 글을 쓰기 시작했다는 이유 하나만으로 나는 사소하게 행복해지는 일이 잦았다. 행복하다고 말하기 시작했다. 사실은 지난 삶을 그래도 살 만했다, 고 말하기 시작한다면 간단하게 그렇게 될 것임을 받아들이기 시작했다. '그렇다'기보다 '그래야만' 했던 연민의 시간이 지나가고, 있다. 나는 이사를 준비하고 있다. 성인이 되자마자 혼자 지내기 시작했던 부산에서의 생활을 마감한다. 영영 떠나는 것은 아닐 테지만 가족이 있는 고향으로 갈 것이다. 엄마의 곁에서 시간을 보내고, 언니를 돕고, 아빠를 응원할 것이다.

울어댔던 시간들의 흔적이 고스란히 남겨져 있는 물건들을 버린다. 가져갈 짐을 추리는 일이 지난 시간을 다시 바라보는 일이 된다. 불행이라 생각했던 것들을 버리고, 어쩌면 지나치게 노력했던 어떤 것도 버리고, 남아 있는 미련들을 버리고, 무엇보다 나를 살렸던 연민을 버린다. 나도 모르게 사무치게 그리워하고 있었던 일상으로 갈 준비를 한다. 불쌍하지 않고, 귀하다고 해서 눈물이 나지도 않으며, 기쁨이 슬픔으로 치환되지도 않는 일상으로. 가볍게 웃어넘길 수 있는 일이 더 많은 일상으로. 그렇게 덤덤하게 주연의 삶을 살아가야지. 진부한 말이지만 덧붙여본다. 이제는 웃을 일이 더 많을 것이다.

개화와
　　직면한다는 것

스스로를 발견하다 얼굴에 꽃이 피는 일은

얼마나 삶을 앞으로 나아가게 하는지.

그렇다면 이 개화를 성장통이라 말해도 될까.

간신히 건져 올린 위로

"지금 나의 시가 멈추었어도"

한참을 골똘히 바라보고 있었다. 유난스러워 보일까 봐, 아니 솔직히 말하면 조금은 유난스러워 보이길 바라는 마음을 숨긴 채 조심스럽게 그 문장을 바라봤다. 정답까지는 아니어도 도움이 될 무언가를 발견할 수 있을 것 같았다. 강연의 시간을 확인하고 곧바로 참여 신청을 했다. 강연 일자는 토요일 오후쯤이었던 것 같다.

나는 대학교를 오 학년 이 학기째 다니고 있었다. 휴학했던 기간까지 포함하면 칠 년이나 되는 시간을 보냈던 학교에서의 마지막 시간이었다. 하지만 마지막이라는 관형사의 의미를 고민해 볼 새도 없이 바쁘게 수업과 수험 공부를 병행하며 지냈다. 대학 생활의 일부분을 바치다시피 하며 정성을 쏟았던 문학회 활동도 정리하고 처음으로 아르바이트를 하지 않은 채 지냈다. 졸업하면 곧바로 사회에 던져지게 될 텐데 내겐 학생과 사회인 사이의 경계에서 잠시 방황한다거나 쉬어간다거나, 무엇을 준비한다거나 할 여유가 없을 것이 분명했기 때문에 마음이 아주 급했다. 주어진 시간은 마지막 학기인 지금과 내년 시험 전까지의 몇 개월이 전부였다. 그 안에 시험에 합격해서 곧바로 사회인이 될 모든 준비를 끝마쳐야 했다. 사기업에 취직할 만큼 쌓아둔 스펙도, 몇 번이고 도전할 용기도 없었던 나는 기필코 한 번에 합격해야겠다는 생각으로 공부에 매달렸다.

이미 모든 것이 익숙했으므로 아무렇지 않게 수험 생활을 견딜 수 있었다. 아침엔 나와 같은 시험을 준비하는 것이 팔십 퍼센트의 확률로 분명한 옆방의 학생이 설정해놓은 알람 소리를 듣고 함께 일어났다. 고려시대 왕의 순서와 업적을 〈한국을 빛낸 100명의 위인들〉 노래에 맞춰 부른 녹음파일이었다. 방음이 하나도 되지 않는 원룸 벽을 넘어 들려오는 그 알람을 들으면 나도 모르게 마음이 급해져 발딱 일어날 수 있었다. 그렇게 누가 봐도 수험생처럼 보이는 몰골을 하고 가장 널찍하고 탁 트인 자리가 있는 도서관 사 층으로 향했다. 가는 길에 편의점에서 샀던 눈이 번쩍 뜨일 만큼 단 초코우유는 지금도 가끔 아침으로 먹곤 한다. 이른 아침 도서관 자리를 잡아놓고 목표한 양만큼의 공부를 하며, 중간중간 수업을 다녀오기도 하면서 하루하루를 보냈다. 별로 어렵지 않은 일이었다. 학교 수업과 아르바이트를 병행했던 일에 비하면

체력적으로도 덜 힘들었으며, 감정적으로도 노동이라 할 만한 것이 없었다. 그런데 나는 문득문득 우울했고, 가슴이 터질 것처럼 답답했으며, 견딜 수 없다기보다 견디기 싫다고 느껴지는 날들을 종종 겪고 있었다. 왜일까, 원룸으로 돌아가 멍하니 고민해보기도 했지만 알 수 없었다. 남들 다 하는 공부, 어쩌면 내게는 체력적으로도 정신적으로도 덜 힘들어 마땅한 지금이 대체 왜 힘들게 느껴지는 걸까. 몸이 편해지니 마음이 투정을 부리는 걸까. 언제나 여유가 생길 때 병이 찾아오듯이. 답을 찾지 못하고 잠드는 날들이 이어졌다.

그러다 도서관 로비에서 발견한 것이다. 도서관에서 하는 강연 홍보물에 적힌 문장이었다. 정확히 말하면 문장도 되지 않는 짧은 구절 '지금 나의 시가 멈추었어도'. 강연을 신청하고, 토요일 오후 시간을 내어 강연장에 들어서고, 몇 명 되지 않는 청중의 사이로 들어가 가장 구석 자리에 앉아 시작을 기다리는 순간까지 나는 그 구절에 홀려 있었다. 강연자는 우리 대학교의 교수였다. 시집을 몇 권이나 낸 교수는 본인이 생각하는 시에 대해, 시를 쓴다는 것에 대해 얘기했다. 시를 낭독하는 목소리처럼 차분하게 강연이 이어졌다. 강연을 듣는 내내 저 깊숙한 곳에서 무엇인가 간질간질하게 올라왔다. 점점 고조되는 감정 때문에 긴장이 되기까지 했고, 뭐 마려운 강아지마냥 다리를 달달 떨기도 했다. 그리고 마침내 질의응답 시간이 되었을 때 나는 부끄러운 줄도 모르고 울먹거리며 교수에게 질문했던 것이다.

"수험서만 보고 있으니까요… 시가 안 써져요. 저, 괜찮은 건가요?"

사실 질문을 하는 그 순간에 무척이나 부끄러웠고, 스스로 내가 왜 이러나 싶었고, 누군가 재 왜 저렇게 진지해? 하는 생각을 할까 봐 겁이 났고, 이상한 학생으로 보일까 봐 후회스럽기도 했다. 물론 저렇게 맥락 없는 질문을 할 생각은 아니었다. 분명 강연 내내 머릿속으로 질문을 정리할 때는 앞뒤로 다른 설명이 잔뜩 존재했다.

'저는 시를 쓰길 좋아하는 학생입니다. 늘 힘든 일이 있을 때마다, 울고 싶을 때마다, 감정을 분출하기 위해 시를 썼어요. 시를 쓰지 않고는 못 견디겠는 시간들이 있었고, 살기 위해 애써 시를 찾은 순간들도 있었습니다. 시를 쓰고 사람들과 나누고 나면 그 자체로 위로받는 느낌이 들었습니다. 그래서 제가 살아갈 수 있는 방법이 그것이라고 생각했습니다. 평생 시를 쓰며 사는 거요. 그런데 수험 생활을 하면서 시를 읽지 않게 됐고, 쓰고 싶다는 생각도 하지 않게 됐습니다. 억지로 써 보려 해도 단 한 문장도 쓸 수 없었습니다. 그래서 말할 수 없이 공허하고 초조합니다. 현실 때

문에 꿈을 놓치게 될까 봐 두려운 것 같아요. 이럴 땐 어떡하면 좋을까요?'

구구절절한 이런 설명 대신 날 것의 울먹임을 덧붙인 채로 질문이 튀어나왔다. 나는 과연 질문이 제대로 전달됐을까, 내가 무슨 말을 하고자 한 건지 저 교수가 알아줄까, 하는 생각에 초조했다. 교수에게 시선을 고정하고 질문을 하는 동안 다행히도 그녀는 나를 비웃지 않았고 당황하지도 않았다. 그저 침착하게 고개를 끄덕였다. 무슨 마음인지 안다는 듯이. 하지만 그렇게 큰일은 아니라는 듯이. 그리고 신중히 단어를 골라가며 답변을 이어갔다. 질문 자체에 온 용기를 쥐어짰던 나는 맥이 풀린 채로 그 답변을 들었던 것 같다. 그러나 허무하게도 그때 그 교수가 무슨 말로 나를 위로했었는지는 기억이 전혀 나지 않는다. 정말로 전혀, 단 한 문장도 기억이 나지 않는다. 다만 강연이 끝난 뒤 내가 누구보다 빨리 서둘러 강연장을 빠져나갔던 기억만 선명하다. 아마도 부끄러움이 가시지 않았기 때문이었을 것이다.

강연이 끝나고는 곧바로 사 층 열람실로 향했다. 그 후 강연 때문에 미뤄진 두 시간어치의 공부를 서둘러 끝마쳤으며, 다음 날도, 그다음 날도 똑같은 시간에 태조부터 공양왕까지 이르는 멜로디에 마음이 급해져 일어났다. 똑같이 하루 종일 수험서를 보앉고, 시나 소설을 읽지 않았고, 물론 시를 쓰지도 않았다. 하지만 전처럼 우울하다거나 알 수 없는 초조함에 시달리지 않았다. 교수의 위로가 힘이 되었던 것일 수도 있겠지만, 지금 그 위로가 전혀 기억나지 않는 것을 보면 이유는 다른 데 있었던 것 같다.

강연장에서 질문을 하기 전에 잔뜩 다리를 떨어대던 긴장감, 그러는 동안 저절로 깨닫게 된 공허한 마음의 이유, 생각만 해도 울컥했던 꿈에 대한 고민, 부끄러움을 이겨내고 질문을 뱉었던 용기. 그것 자체가 나를 괜찮아지게 만들었던 것 같다. 간신히 위로를 하나 건져 냈고 그것이 뭐가 그리 서러웠던지 시를 쓰겠다고 외치던 새파란 나를 견디게 만들었다. 그리고 신기하게도 그때 용기를 내어 질문을 던졌던 나로 인해 지금의 내가 종종 위로받는다. 살다 보니 시가 멈추는 시간은 생각보다 잦고 그 불가항력에 패배하는 때가 어마어마하게 많기 때문이다. 지금 나의 시가 멈추었어도, 그때의 내가 미리 울었기 때문에 괜찮다. 그걸로 충분하고 충분하다.

내 꿈이 아빠를 잡아먹은 날

조용한 시골이 들은 적 없던 비명으로 가득 찼다. 그 공간에 있었던 적 없고 앞으로도 있을 리 없는 크기의 소음은 상상 이상의 파괴력을 가진다. 그 다급한 소란스러움이 공간을 메우기 전까지 차 있었던 들뜸, 설렘, 기분 좋은 긴장감 같은 것들이 순식간에 악몽으로 바뀌었다. 나는 그 난리 속에서 어느새 어둑해진 오솔길을 전력으로 뛰어 올라가며 생각했다. 꿈같던 시간이 벌써 끝나 버렸구나. 내 꿈이 결국 나를, 우리 가족을 궁지로 몰아 버렸구나.

나는 가난하고 딱한 사정의 시골 소녀가 자연을 소재로 글을 쓰고 도시 아이들 못지않게 훌륭히 성장한다는 서사의 주인공이었다. 전 학년을 합친 전교생이 서른한 명, 사실은 사정이 딱하지 않은 아이를 찾기가 더 힘들었던 시골 학교에서 유난히 책 읽기와 글쓰기를 좋아하는 학생이었다. 운이 좋게 중학교 삼 학년 무렵에 훌륭한 선생님을 만나 이런저런 글짓기 대회에서 역량을 발휘할 수 있었다. 그러다 어느 전국 글짓기 공모전에서 대상을 수상하게 되었고, 각종 매체의 주목을 받았다. 꿈같은 날들이었다. 아직도 우스갯소리로 그때가 내 인생 리즈시절이었지, 라고 할 만큼 관심과 인정을 듬뿍 받았다. 가슴속에 꿈이 싹텄고 무슨 일이 있어도 글 쓰는 사람이 되겠노라 다짐했다. 내가 쓴 글과 내 꿈으로 폐교 위기에 처해 있던 우리 학교에 희망이 생기고, 고된 가난에 웃을 일 없던 우리 가족에게도 행복이 왔다는 사실에 기뻤다.

그날은 지방 방송국의 다큐멘터리 촬영을 진행하는 중이었다. 사실 다큐멘터리라고는 하지만 대부분의 촬영이 설정으로 이루어 진다는 것을 체감하는 중이었다. 대본이야 당연히 없었지만, 어느 순간에 어떤 행동을 할지 정도는 미리 정해져 있었다. 그날은 엄마 아빠의 농사일을 도와주는 장면을 찍을 차례였다. 실제로는 농 사일을 도운 적이 거의 없었다. 엄마 아빠는 두 사람이서 감당하 기 힘들어하면서도 딸들에게 고된 일을 도와 달라 하진 않았다. 언니와 나는 버섯을 솎는 엄마 옆에서 책을 읽거나 공부를 하다 가, 농장에 갔던 아빠가 돌아오면 밥상 차리는 일을 겨우 도울 뿐 이었다.

그래서 터무니없이 큰 목장갑을 끼는 동작이 무척이나 어색 했다. 엄마 아빠가 늘 다루는 기계 앞에 서는 순간까지도 모든 것 이 낯설었다. 버섯 종균이 가득 든 플라스틱병 한가운데에 지름이 센티미터 정도의 구멍을 뚫는 기계였다. 가로로 다섯 개, 세로로 다섯 개씩 총 스물다섯 개의 기다란 쇠봉이 일정한 간격의 정사각형 모양으로 단단히 박혀 있었다. 쇠봉 밑으로 똑같이 스물다섯 개의 종균병이 나열된 트레이를 밀어 넣으면 강한 힘으로 떨어져 구멍을 뚫는 식이었다. 그 낡은 기계는 진작에 수명을 다한 듯 종종 말썽을 부리곤 했는데, 하필 그날도 작동을 멈추고야 말았다.

자주 있는 고장이었다고 했다. 진작에 정식으로 수리를 하든 새로 사든 했어야 하지만 그럴 돈이 없어 늘 언 발에 오줌 누는 식으로 버텼다고 했다. 기계란 것이 다 그렇듯 여기저기 툭툭 건드리다 보면 다시 멀쩡하게 작동이 되곤 했던 것이다. 그런데 그날은 아빠의 마음이 조급했다. 다른 것도 아닌, 방송국 카메라가 우릴 찍고 있기 때문이었다. 그렇지 않아도 어슴푸레하게 어두워지기 시작한 늦은 시각, 촬영에 차질이 생길 기미가 보이자 아빠의 손이 어쩔 줄 모르고 기계 주위를 방황했다.

"이, 이기 또 와 이라노."

누구도 채근하는 사람이 없었지만 엄마와 아빠는 당황했고, 눈치를 봤다. 나는 그저 멀뚱히 기계가 고쳐지길 기다리며 너무 커서 자꾸만 이질감이 드는 목장갑을 고쳐 끼고 있었다. 방송국 사람과 촬영을 지켜보고 계시던 선생님, 그리고 나는 곧 고쳐지겠

거니 하며 잠시 긴장을 풀고 있었다. 바로 그때였다. 철컥하고 기계가 다시 움직이는 듯한 소리가 났다. 그리고,

"옴마야, 옴마야!"

내가 보지 못하고 생략된 장면이 있기라도 한 듯 짧은 사이에 완전히 이성을 잃어버린 목소리로 엄마가 소리쳤다. 소스라치게 놀라 고개를 돌리자 기계에 팔이 삼켜진 아빠의 뒷모습이 보였다. 엄마는 그 옆에서 기계를 들어 올리려 안간힘을 쓰고 있었다. 내가 볼 수 있었던 것은 그 장면이 다였다. 선생님과 방송국 사람들 모두 내가 가까이 다가서지 못하게 막았고, 나 역시 다가갈 엄두를 내지 못했기 때문이다. 그 자리에 굳은 채 서 있을 뿐, 나는 아빠에게 달려갈 수조차 없었다.

"119에 신고해라!"

누군가 소리쳤다.

"니, 니가 좀 눌러봐라."

엄마는 다급하게 달려와 내게 휴대폰을 내밀었다. 남자들이 전부 기계에 달라붙어 그것을 들어 올리기 위해 애를 쓰고 있는 중이었다. 손이 떨려서 번호가 안 눌러진다, 엄마는 거의 정신이 나간 것처럼 온몸을 떨었다. 그런데 전화기를 받아 든 나도 마찬가지였다. 119, 세 자리 번호를 누르는 데 열 번은 더 시도해야 했다. 지금처럼 화면이 아닌 키패드를 누르는 휴대폰이었다. 와중

에 들어본 적 없었던 아빠의 신음이 자꾸만 들려왔다. 너무나도 낮설고 공포스러운 소리였다. 나는 혹시라도 구급대원이 우리 동네를 찾지 못하는 건 아닐까, 하는 생각이 들자마자 내달리기 시작했다. 어느새 밖은 어두워져 있었다. 가로등 하나 없는 시골길이 얼마나 깜깜한지는 겪어본 사람만 안다. 도시의 어둠과는 비할 수 없다. 평소엔 무서워서 쳐다보지도 못했던 한밤중의 오솔길을 뛰어 올라갔다. 큰 도로가 나오고, 소방차가 오기를 기다리며 엉엉 울었다. 소방차보다 먼저 도착한 마을버스에서 옆집 삼촌이 내릴 때까지.

"주연아, 와 울고 있노?"

"아빠가, 아빠가요……."

웃는 얼굴로 묻던 삼촌은 '아빠가'까지만 듣고는 오솔길을 뛰어 내려갔다. 나는 얼떨결에 그 뒷모습을 쫓아가 꼼짝도 않는 기계에 삼촌을 포함한 남자들이 달라붙어 있는 모습을 멍하니 지켜봤다. 공포스러울 만큼 비현실적인 장면들이었다. 아빠는 팔에 쇠봉이 박힌 채로 앉지도, 서지도 못하고 어정쩡하게 기대어 있었다.

"아프다, 아프다!"

아빠의 입에서 아프다는 말이 나온 건 그전에도, 그 후로도 없는 일이었다.

소방차가 도착하고, 기계는 끝내 들어 올려지지 않아 쇠봉을 모조리 절단하는 작업이 다급하게 이어졌다. 아빠는 손목에 쇠봉이 관통된 채 구급차에 실려 갔다. 엄마는 함께 올라타 그것이 움직이지 않도록 꼭 잡고 있었다고 했다. 나는 선생님의 차를 타고 구급차를 따라갔다. 첫 번째로 갔던 지역 병원에서는 큰 병원으로 가라 했고, 마산에 있는 큰 병원에 가서도 한참을 기다려 수술을 해야 했다. 그러는 동안 내내 아빠의 손목엔 쇠봉이 박혀 있었다. 방송국 피디 아저씨가 머리를 감싸 쥐고 주저앉아 있던 모습이 기억난다. 나는 그 모든 장면과 사람들을 바라보며 계속, 계속 울기만 했다. 너무 무서웠다. 왜 이런 일이 일어난 건지 알 수 없었다. 한없이 평화롭고 오히려 기쁜 들뜸이 가득했던 그 장면이 갑자기 이렇게 전환될 수도 있는 걸까. 믿기 싫은 어떤 일을 믿어야만 할 때 사람은 자꾸만 이유를 찾는다는 것을 그때 알았다. 이런 끔찍한 일이 벌어진 까닭을 하염없이 고민하다, 방송국 카메라가 돌아가고 있지 않았더라면 기계에 손을 집어넣는 일은 없었을 것이라는 데 생각이 닿았다. 아빠는 원랜 지겨울 정도로 신중한 사람이었다. 낡은 기계가 또다시 고장 나서 딸과 방송국 사람들과 선생님을 기다리게 하는 일이 아빠를 조급하게 만들지 않았더라면 이런 일은 일어나지 않았을 것이었다. 나 때문이구나. 나는 그렇게 결론지었고, 그래서 견딜 수 없이 무서웠다.

다음 날, 오랜 시간 이어진 아빠의 수술이 무사히 끝났다는 얘기를 들을 수 있었다. 학교에 등교해서 잔뜩 웅크리고 있던 내게 선생님께서 전해주신 소식이었다. 다행히 중요한 신경은 비껴갔다고, 그래서 열심히 재활하면 전처럼 팔을 쓸 수 있을 것이라고 했다. 지름이 이 센티미터가 되는 쇠봉이 관통을 했는데 이 정도인 건 천운이라는 말을 덧붙이셨다. 나도 다행이라는 생각이 들었지만 그래도 무서움은 가시질 않았다. 너무나도 잔인한 일이 일어났다. 나 때문에. 아빠의 고통과 병원비와 완전히 절단된 기계와 더 잔혹해질 가난이 어깨를 짓눌렀다. 어떻게 하면 좋지. 그냥 가만히 있을걸. 글짓기 대회에 나가지 말걸. 방송 안 찍는다고 할걸. 아니 처음부터 글을 쓴다고 설치질 말걸. 어깨를 둥글게 말고 그런 후회들을 했던 것 같다. 아빠의 외침이 계속 귓가에 맴돌았다. 아프다, 아프다!

방송은 그래도 완성되었다. 큰일이 벌어졌으니 조금이라도 도움을 받기 위해선 더더욱 다큐멘터리를 방영해야 한다는 어른들의 결정이 있었던 모양이었다. 물론 아빠가 다친 내용은 방송에서 삭제되었다. 다만 방송 말미에 '주연이 아버지의 쾌유를 빕니다' 하는 문구가 추가되었다. 아빠는 병실에서 방송을 시청했다. 병원 사람들에게 우리 딸이 나온다는 자랑을 하고 다 같이 봤다고 했다. 괜찮다고, 너 때문에 이런 사고가 생긴 게 아니라고 안쓰러운 눈을 한 어른들이 반복해서 말해주었다. 하지만 나는 방송을 제대로 볼 수조차 없었고 엄마 대신 집에 온 이모가 갈비찜을 해주는데도 혓바늘이 돋아 먹지 못했다. 한동안 글을 쓰지 않겠다고 버티고, 울고, 괴로워했다. 꿈으로 부풀었던 어린 가슴에 아빠 손목에 뚫린 구멍만큼 치명적인 생채기가 났다.

그러나 나는 지금 이렇게 글을 쓰고 있다. 그 후로도 띄엄띄엄, 그러나 끊이지는 않고 글을 썼다. 생채기가 났음에도 불구하고 속수무책으로 부풀어대는 꿈을 감당할 수 없었기 때문이다. 그일은 나 때문이었을 수도 있고 아닐 수도 있다고 생각한다. 실제로 그때의 소란은 우리 가족에게 행복을 가져다주긴커녕 결과적으론 더 무거운 가난을 가져다주었다. 하지만 나는 아직도 쓴다. 아직도 글 쓰며 살아가는 것이 꿈이라 말하고 지치지도 않고 꿈때문에 가슴이 부푼다.

그런 순간은 누구에게나 있을 것이라고 생각한다. 그냥 가만히 있을걸, 괜히 들떠서 일을 그르치고, 결과는 좋지도 않고, 아무일 없을 뻔했던 평화를 망가뜨리기만 했던 순간들. 스스로가 허울좋은 꿈을 좇느라 민폐만 끼치는 이기적인 사람이라고 느껴지는 순간들. 꿈 타령 하는 것이 배부른 소리처럼 생각되는 일상들. 하지만 결국 시작과, 과정과, 결과는 나의 몫이지 꿈에는 아무런 잘

못이 없다. 오히려 살다가 수많은 일에 망쳐지고 좌절되고 민폐를 끼쳐보니 알겠다. 그래도 다른 것 아닌 꿈에 망쳐지는 것이 가장 낫다.

나를 살게 한 어른들

대놓고 내성적이었던 학창 시절을 지나 성인이 되고 난 뒤에는 그렇지 않은 척 노력하면서 은근히 소심했다. 낯을 가린다고 밝히면 의외라며 놀라는 사람들이 있을 정도로 필요에 의한 사회성을 길렀다. 그러나 속으론 정말 편한 몇 사람을 제외하곤 사람을 상대하는 거의 모든 순간에 전쟁을 치렀다. 그렇다고 주고받는 말 한마디에 쉽게 상처를 받거나 예민하게 받아들이는 성격은 아니었다. 오히려 '내가' 상처받는다거나 '내가' 예민하게 받아들였다거나 하는 일은 극히 적었다. 대신에 타인의 기분을 지나치게 염려했다. 이 말을 하면 저 사람이 기분 나빠 하진 않을까, 왜곡해서 받아들이진 않을까, 하는 걱정에 자꾸만 완곡한 표현으로 벽을 둘렀다.

그런 방식을 배려로 받아들이는 사람이 있는가 하면 답답해하는 사람도 있었다. 중도를 맞추지 못해 방황하고 눈치만 보는 과정 속에서 괜찮은 줄 알았던 나의 마음에 조금씩 생채기가 생겨났다. 내가 배려하는 만큼 상대가 배려하지 않으면 실망하게 됐고,

이만큼이나 조심했는데도 내 마음을 오해하면 서운했다. 남의 눈치를 보느라 스스로에겐 다정하지 못했으므로 보호받지 못한 마음이 날을 세우기도 했다. 이토록 무심한 주인을 만나 가끔 우울에 빠지곤 하는 마음에 미안했다.

사실은 유약한 사람이라는 고백을 길게도 했다. 나는 이런 스스로에 대해 지나온 시간에 비해선 턱없이 덜 자랐다고 느끼곤 했다. 그 정도 일들을 겪었으면 좀 더 대담해져야 맞는 것 아닌가, 그렇게나 사유할 기회가 많았는데 좀 더 어른스러워야 하는 것 아닌가. 나의 미성숙을 발견할 때마다 저런 질문들이 꼬리를 물고 따라왔고 자책은 자연스러운 덤이었다. 그리고 그것은 누구보다 당당한 모습을 보이고 싶은 사람들 앞에서 자꾸만 움츠러들게 되는 이유이기도 했다.

"나는 인복을 타고난 것 같아."

자주 하던 말이었다. 주로 스스로를 가난하다 여기던 날들이 대부분이었으나 아주 가끔 부유하다 느끼는 유일한 부분이 바로 주위 사람들에 대한 것이었다. 다 나열하기도 힘들지만 내가 괴로울 때마다 도와준 고마운 사람들이 너무 많았다. 돌이켜 생각해보면 단 한순간도 혼자 버텨낸 적은 없었노라고 말해야 할 만큼. 그 감사의 기억은 아주 오랜 시간을 거슬러 올라간다.

중학교 때 별 볼 일 없는 나의 재능을 믿어주시고 여기저기 글짓기 대회를 함께 다니며 작은 가슴에 꿈을 심어주셨던 영어선생님은 아직도 당신 기도의 첫 번째에 내가 있노라고 말씀하신다. 고등학교 때 가정형편이 좋지 않은 내 우울함을 세심히 살피셨던 담임선생님은 수학여행비를 몰래 챙겨주셨다. 대학교 때 두세 개의 아르바이트와 학업을 병행하는 사정을 아셨던 교수님은 오갈 곳이 없었던 내게 당신 가족들이 출국한 일 년간 지낼 수 있도록 아파트 방 한 칸을 내어주셨다. 사회 생활을 시작하고 첫 발령지인 기관에서도 배울 점 많고 인간적인 상사를 만나 존중받지 않는 순간이 없었다.

어쩜 이리도 인복이 많았는지. 그 외에도 수많은 은인들이 있었지만 덕분에 살아왔음을 늘 생각하고 있음에도 살가운 제자, 후배, 친구가 되지 못했다. 이유는 늘 똑같았다. 정말 열심히 살아왔다고 말하고 싶은데, 덕분에 이만큼이나 잘 지냈다고 말하고 싶은데 그간 받은 도움에 비해 지금의 스스로가 초라하다고 생각했기 때문이다. 날 도와준 사람들에게 잘된 모습을 보여 뿌듯함을 느끼게 하고 싶었다. 그때 보살펴주길 잘했다는 생각이 들게 해주고 싶었다. 내 지금 모습이 그들의 기대에 미치지 못하는 건 아닐까, 시시하다고 생각하면 어떡하나, 하는 걱정이 늘 그리운 마음보다 앞섰던 것이다. 숨을 때마다, 숨는 시간이 점점 길어질 때마다 마

음이 무거워졌다. 그다지 자랑스러운 인연이 아닌 것을 넘어 배은
망덕하게까지 보일까 두렵기도 했다. 시간은 계속해서 흘렀지만
마음만 무거워질 뿐 당당하게 나설 용기는 나지 않았다.

당당하지 못한 모습이 죄송스러워서 연락드리지 못했다는 말
은 그 자체로 하나의 허울 좋은 변명이 되었다. 비로소 직장 생활
을 시작하고 어느 정도 자리를 잡게 되었을 때, 나는 미뤄둔 숙제
를 하듯 고마운 분들께 안부를 전했다. 그간 연락드리지 못해 죄
송하다는 말도 함께였다. 어떤 대답이 돌아올까 마음을 졸였던 기
억이 난다. 그중에서도 누구보다 내가 글을 쓰며 살길 바랐던 은
사님께서는 제자의 연락에 대뜸 이런 물음을 하셨다.

"출퇴근 시간은 얼마나 걸리니?"

"버스 타고 이삼십 분쯤 걸려요, 선생님."

"그래, 그 정도면 생각할 시간이 충분하구나. 잘됐다."

내가 말뜻을 선뜻 이해하지 못해 대답을 않자 선생님께서는
이런 말을 덧붙이셨다.

"사유하고 고민한다면 그것만으로 너는 특별하단다."

그동안 어찌 지냈냐, 왜 연락 한 통 없었냐는 물음 대신 하루
에 짬을 내어 사유할 시간이 있는지를 물으신 것이다. 나는 또다
시 맥없이 그분이 주신 영감을 받기만 한 채 전화를 끊었다. 그분

만이 아니었다. 어느 교수님께서는 구구절절 변명하기도 전에 이런 이야기부터 하셨다.

"주연아, 행복하니?"

"네, 교수님. 대학교 때에 비하면 얼마나 마음이 편한지 몰라요."

"그래, 그걸로 됐다."

그래서 나를 유일하게 부유한 사람으로 만들어주었던 인복 속에서도 나는 얼마나 마음이 가난한 사람이었는지를 알아차릴 수 있었던 것이다. 내가 얼마나 훌륭하게 자랐는지 따위를 궁금해하는 사람은 나밖에 없었다. 고마운 사람들의 저 말들은 스스로 신경 쓰지 못했던 내 마음의 서운함을 서서히 녹여주었다. 그들이 내게 마음을 써주었던 것은 내가 아주 뛰어난 사람이어서도, 내게 어마어마한 잠재력이 있어서도 아니었다. 내가 대단히 성공할 것을 기대하고 베푼 것이 아니었던 것이다. 정작 그들이 걱정했던 것은 내가 타인의 기대를 염려하느라 돌보지 못한 내 마음이었다. 그들은 충분히 성숙하지 못했다며 자책하는 내 모습 자체를 특별히 여겨 사랑했으며 그저 내가 행복하기만을 바랐다.

사유하고 고민했는가. 그렇다면 그것으로 충분하다고 믿기로 했다. 고민이 부족했던 것에 대해선 반성하고 자책할지언정 오랜 시간 사유한 뒤 내린 결정이라면 스스로를 보듬어주기 시작했다. 나 자신에게 부끄럽지 않을 만큼 고민했는가에 대해 집중하자 타인의 눈치를 보는 일이 줄었다. 내 사유의 깊이와 그것을 통해 내린 결정이나 행동에 조금 더 확신을 가져보기로 한 것이다.

지금 나는 행복한가. 타인의 기대나 기분을 위해서가 아니라 내가 행복하기 위한 선택을 늘려 가기로 했다. 이것이 내게는 생각보다 어려운 일이었다. 혹시나 다른 사람이 불편해하진 않을까, 내게 실망하진 않을까, 하고 필요 이상으로 걱정하는 염려증을 앓은 지가 너무 오래되었다. 하지만 더 이상 내 마음을 외면할 순 없다. 나를 살게 한 이들이 진정으로 원하는 것도 다름 아닌 나의 행복이라는 것을 알게 된 이상은 더욱 그렇다. 나를 살게 한 어른들에게 감사를 담은 글을 쓰고 싶었는데 나로 산다는 것에 대한 단상으로 이어졌다. 나를 살게 한 이들이 나로 살게 만든 것으로 마무리하면 되겠다. 나는 행복해져야 할 이유가 많다.

그런데도 어째서 행복한가

어쩌자고 행복한가. 느지막이 눈을 뜨면서 그런 생각을 했다. 어째서 지금 마음속에 거리낌 하나 없으며, 편안한 것을 넘어 행복하다는 생각이 드는가. 암 환자의 가족이라는 역할을 맡게 된 것 치고는 사치스러운 평화가 아닌가. 엄마는 생각보다 항암과정을 잘 버티고 있었지만, 그 과정은 단 몇 문장으로 설명하기 쉽지 않다. 내가 자세히 묘사하려 시도하는 것이 죄스러울 정도로 당신 혼자만의 싸움이었다. 불쌍한 엄마라는 사무치는 딸의 정서를 이제라도 털어내라는 듯 고요하고 담담했다. 지난 주말이 끝나갈 때, 여전한 엄마의 민머리를 남겨 두고 고개를 돌렸다. 항암 부작용으로 엄마, 하는 부름에 대답도 제대로 하지 못하던 모습을 뒤로했다. 그러니 마음이 무거워야 하는 것 아닌가. 해줄 수 있는 것이 없으면 죄스러운 마음이라도 품고 있어야 하는 것 아닌가. 나는 어쩌자고 지금 마음이 편안한가.

당장 가야 할 곳이 없으면 질문은 꼬리를 무는 법이다. 질문은 때로 잘 질문하는 것 자체로 답이 될 때가 있다. 그것이 삶에 대한 질문이라면 더욱 그렇다. 답을 찾을 수 없어서 질문을 바꿔보기로 했다. 그렇다면 나는 언제부터 행복해졌는가. 삼 년 전쯤 직장 생활을 시작했다. 대한민국에서 가장 안정적이라는 직업을 가졌다. 적어도 앞으로 삼십 년은 먹고살 걱정이 없었다. 지겹도록 나를 괴롭게 했던 '끼니 걱정'에서 벗어났다. 그 기쁨은 단순히 직업을 가졌다는 성취로 한정할 수 있는 것이 아니었다. 이제 살았다, 는 생사에 대한 안도에 더 가까웠다. 고정적인 수입이 있다는 건 앞으로를 계획할 수 있다는 것을 뜻했다. 오늘만 살아내던 사람에게 내일이 생겼다는 것을 어떻게 물질적인 냄새 풍기는 기쁨으로만 정의할 수 있느냔 말이다. 어쩌면 그때부터 마음이 편했던 것 같다. 하지만 오늘만 살던 그날들엔 단 하루도 행복하지 않았느냐고 물으면 그건 또 아니었다.

"거기 나오는 주인공 보면 자기 생각이 나."

여러 사람이 추천해주는 어느 드라마를 보기 위해 시도했던 적이 있었다. '시도'라고 말하는 것은 첫 화를 보자마자 더 이어 보는 것에 실패해버렸기 때문이다. 드라마 주인공을 보면 네가 생각난다는 말에 낯간지러워 했던 것이 우습게도, 첫 화를 보기 시작한 순간 나도 내 생각이 났다. 딱 봐도 어렵게 사는 티가 나는 여주인공은 계약직으로 일하는 회사에서 믹스커피를 한 움큼 훔쳐 와 큰 컵 가득 타 먹는 것으로 끼니를 대신했다. 나는 그 장면에 진심으로 몰입해버리고야 말았다. 호프집에 출근해 믹스커피 두 개를 삼백 시시 맥주잔 가득 타 먹는 것으로 배를 채웠던 시간들이 화면에 겹쳐졌다. 저러면 위가 다 상하는데, 저렇게까지 궁상떨지 않아도 될 텐데, 이미 내가 되어 버린 화면 속 연기자에게 애가 타서 드라마를 꺼버렸다. 저 장면이 나중엔 결국 주인공이 딛고 나갈 과거에 불과하다는 것을 알면서도 더 지켜볼 수가 없었다. 내가 겪어본 이상 '밥 대신 믹스커피를 타 마시네. 불쌍하네.' 정도의 감상으로 넘길 순 없었다. 유난스럽게도 드라마를 끄고 나서야 숨을 몰아쉴 수 있었다.

그래, 나의 이십 대를 관통하는 바로 그 시절의 햄버거가 떠오른다. 거창한 행복의 서사를 기대하는 사람들에겐 시시할 수도 있겠다. 행복이라 부를 만한 것들을 더듬어보니 깜찍하게도 햄버거가 둥둥 떠오른다. 밤새 아르바이트를 하던 호프집에는 주방이모가 두 분 계셨다. 두 분 모두 너그러운 분들이셨으나 나이가 조금 더 많고 덩치도 조금 더 크신 큰이모는 유달리 호탕한 분이셨다. 일솜씨가 있을 리 없었던 처음의 나는 실수가 잦았다. 손님으로 테이블이 꽉 차는 저녁 여덟 시부터는 정신을 못 차리고 허둥거리기 일쑤였다. 맥주나 소주 같은 것들의 존재 자체를 접한 지가 얼마 되지 않은 때였으므로 필스너니, 바이젠이니 하는 수

제 맥주 이름부터 몇십 가지나 되는 안주 종류까지 모든 것이 낯설었다. 나중엔 대여섯 개씩 번쩍번쩍 들게 됐던 맥주 오백 시시 잔도 처음엔 사람이 이렇게 큰 잔으로 술을 먹나, 놀라곤 했다. 그러다 넋을 놓고 안주를 잘못 내가기라도 하면 큰이모의 불호령이 떨어졌다. 하지만 이모는 호통을 치시다가도 금세 밥은 먹고 왔냐며 과일 안주가 나갈 때마다 사과 한 개를 더 썰어 따로 챙겨 주시곤 했다.

"니 불고기 버거 좋아하나?"

이모는 때로 개구쟁이같이 웃으시곤 했는데, 잔뜩 얼어서 좀처럼 활짝 웃을 줄을 몰랐던 나까지도 입꼬리를 올리게 만드는 웃음이었다. 이모는 가장 먼저 출근해서 바닥을 쓸고 있던 내게 저렇게 물으셨다. 그때마다 햄버거 중에 불고기 버거를 제일 좋아한다고 대답하면, 이모는 맥도날드 불고기 버거 하나를 쑥 내미셨다. 그러면 나는 잠시 빗자루를 내려놓고 카운터에 앉아 햄버거를 먹었다. 고향엔 맥도날드가 없고 롯데리아만 있었는데, 그 롯데리아를 갈 일이 있으면 사 먹었던 것이 불고기버거였다. 어이없게도 맥줏집 카운터에서 느낄 수 있는 고향의 맛이었다. 그런 날은 믹스커피를 타 마셔도 속이 쓰리지 않았다.

고향의 맛뿐만이 아니었다. 이모는 고시원에 혼자 살던 내가 선풍기가 없다고 하면 선풍기를 빌려주셨고, 겨울 이불이 없다고 하면 이불을 가져다주셨다. 손님들이 다 빠져나가고 사장도 퇴근한 새벽엔 가끔 안주로 나가는 오뎅탕을 끓여 함께 먹었다. 이모와 이런저런 얘기를 하면서 오뎅탕 국물을 마시고 있으면 하나도 외롭지 않고 하나도 무섭지 않았다. 그땐 주로 숨 쉴 때마다 외롭고 특별한 일이 없으면 항상 무서웠는데도. 대학 생활과 병행하느라 아무리 몸이 축나도 그 호프집에서 삼 년을 버틸 수 있었던 건 모두 이모 덕분이었다. 이모는 내가 그만둘 때 사다 드린 연보라색 카라티를 색깔이 너무 예뻐서 어디 나갈 때나 입겠다고 하셨다. 또 내가 그만둔 뒤론 새로 뽑힌 알바생들에게 그렇게나 내 이야기를 했다고 하셨다. 특히나 나와 같은 학교에 다닌다고 하면 그럴 리가 없는데도 혹시 나를 아냐고 물으셨다고 한다. 알바생들에게 보여줘야 하기 때문에 내 시가 실린 학교 신문은 대학가도 아닌 그 호프집 주방에 한참 동안 고이 접혀 보관되어 있었다.

"아이고, 내는 그때 네가 처음 왔을 때도 다 기억난다."

지금은 아들 부부네 집 바로 옆 동으로 집을 옮겨 지내고 있다는 이모는 벌써 그때가 십 년 전이라며 한참을 웃으셨다. 좀처럼 어른에게 전화하기를 어려워하는 나도, 이모와 햄버거와 그 외롭지 않았던 시간들이 알고 보니 내 행복이었다는 생각이 들자 전화를 하지 않을 수 없었다. 이모는 요즘같이 마음 편한 때가 없다고, 건강만 하다면 더 이상 행복할 수가 없다고 하셨다. 그러게요, 이모, 우리 엄마도 그렇고, 살 만하면 몸이 고장이 나나 봐요, 하면서 웃었다. 울 일은 아닌 것 같았다. 저도 요즘 행복한 것 같아요, 근데 어쩌면 이모랑 같이 호프집에서 일했던 그때도 내내 행복했던 것 같아요. 오히려 이 얘기를 하는데 울 일인 것 같아 조금 눈물이 고였다.

어쩌면 나는 내내 행복했던 것 같다. 주로 외롭고 두렵고 힘든 날이 많았으나 행복한 순간은 매일 있었던 것 같다. 오히려 카운터에 앉아 불고기 버거를 먹었던 그 순간만큼은 그 햄버거를 먹는 세상 사람들 중에 가장 행복했을 수도 있다. 고시원에 살던 다른 이들보다 나는 선풍기도 있고 겨울 이불도 있으니 행복한 여름이거나 행복한 겨울이었을 수도 있다. 다만 내가 나의 행복을 몰라 줬던 것, 내가 나를 불쌍하게 만들었던 것, 같다. 불쌍한 만큼 내가 잘 하고 있는 것이고, 불행한 만큼 내가 대단한 것이라고 생각했기 때문에. 그래서 버릇처럼 행복을 경계하고 두려워했던 것이구나. 눈을 뜨자마자 마음이 편한 자신에게 어째서 행복하냐 묻는 바보 같은 짓을 지난 시간 동안 내내, 지겹도록 해왔구나. 행복은 인정하는 순간부터 행복인가보다. 행복하면 좋은 거지 질리게도 많은 걸 늘어놓는다고 생각할 수도 있겠다. 괜히 내가 아직도 스스로에게 갇혀 있는 건 아닐까 두려워져서 이런 말을 해 본다.

하지만 분명 세상엔 이런 사람이 있다. 어째서 행복하냐는 것부터 언제부터 행복하냐는 것을 거쳐 행복한 것을 인정해야겠다고 이제야 생각하게 되는 사람. 그 인정을 위해 과거를 통째로 회상해 보는 용기가 필요한, 그런 사람.

퇴근길엔 다들 외롭지 않나요

독서회 아이들과는 함께 글을 쓰기도 하고, 만들기 활동도 하고, 그림을 그리기도 하는 등 선정 도서와 관련된 다양한 활동을 한다. 그러나 항상 모임의 처음은 어떤 질문을 던지는 것에서 시작하곤 했다. 한 달에 한 번 만나 지난달 겨우 쌓아 올렸던 친밀감이 언제 그랬냐는 듯 사라진 상태기 때문이다. 그 친밀감을 되살리는 과정은 한 시간가량 이어질 수업에 큰 영향을 미친다. 그런 이유로 작지만 새삼스러운 질문으로 시작한 대화는 절반은 성공하고, 절반은 실패한다. 대화에 실패하면 생각보다 꽤 데미지가 크다. 천진한 그들은 매우 솔직하고, 솔직한 반응 덕에 내 대화 방법이 얼마나 형편없었는지 알기 싫어도 저절로 알게 되기 때문이다. 하지만 '새삼스럽게' 무언가를 고민해 본다는 것 자체가 의미 있다고 생각하는 나는 늘 용기를 냈다. 한번은 시작 질문으로 다음과 같은 물음을 던진 적이 있다.

"여러분에겐 다른 친구들이 알면 이상하게 생각할 만한 특이한 점이 있나요?"

종종 나서서 대답하는 적극적인 아이들 몇몇이 있기 마련이었지만, 이 질문의 경우 조금 어려웠는지 좀처럼 반응을 보이지 않았다. 이번 대화는 실패로 돌아갈 확률이 커 보이는군. 조금 기가 죽으려는 마음을 모른 체하고 이런 경우를 대비해 전날 고민해봤던 나의 경우를 이야기했다.

"사서 선생님은 사실….."

별거 아닌 이야기일 테지만 뜸을 들이기만 해도 눈빛을 모으는 아이들이 귀여웠다.

"요즘 같은 선선한 저녁, 딱 일곱 시쯤 되면 거뭇거뭇하게 해가 지잖아요. 그럴 때 버스를 타고 집에 돌아가면서 음악을 들으면 괜히 슬퍼져요. 눈물이 핑 돌기도 한답니다. 다른 사람들이 알면 이상하게 생각하지 않을까요?"

짐짓 진지한 투로 이야기했지만 여기저기서 웃음이 터져 나왔다. 선생님, 그게 뭐예요! 진짜 이상해요! 왜 그런 거예요? 하는 말들을 시작으로 대화가 물꼬를 텄다. 저는 게임을 엄청나게 좋아해요, 저는 화장실 가는 걸 무서워해요, 친구들이 알면 놀릴 것 같아요! 어느새 조잘대며 떠드는 아이들을 바라보며 나도 새삼스러운 고민에 빠졌다. 왜 나는 유난히 그 시간, 그 온도, 그 향기, 그 분위기에 보통은 잊고 지내는 마음을 발견하게 되는 걸까. 새삼스럽게.

시작은 사실 해가 지는 시간이 아니라 뜨는 시간이었다. 해가 지기 시작하는 선선한 저녁이 아니라 해가 뜨기 시작하는 쌀쌀한 새벽. 그 시간에 매일 같이 버스를 타거나 지하철을 타는 날들이 있었다. 어쩌다 보니 밤샘 아르바이트를 하게 됐던 어느 대학 시절, 아르바이트를 마치면 새벽 여섯 시였고, 그 시간은 다행스럽게도 지하철과 버스를 이용할 수 있는 시간이었다. 그렇게 지하철과 버스를 갈아타고 기숙사에 돌아가 씻고 정신을 조금 차린 뒤 아홉 시 수업을 들었다. 연달아 한 시 수업까지 듣고 나면 마침내 잘 수 있는 시간이었다. 또다시 아르바이트를 가야 하는 저녁 여덟 시까지는 다섯 시간 정도가 남아 있었다. 기숙사에 사는 것이 어찌나 다행인지, 그래도 매일 네 시간 정도는 눈을 붙일 수 있었다. 사실 그렇게까지 하지 않아도 됐을 텐데 나는 굳이 무리를 해서라도 그런 하루들을 쌓아 올렸고 위태로운 반년을 보냈다.

매일 새벽, 일을 마치고 기숙사로 돌아갈 때의 공기는 지나는 곳마다 푸른 빛을 띠는 것 같았다. 지하에서 올라와 건물을 나서는 순간부터 밟힌 종이와 담배꽁초들이 나뒹구는 길거리를 지나, 가끔 들르면 폐기 음식을 챙겨주시는 주인 할아버지가 계시던 편의점까지. 남들보다 조금 일찍 하루를 시작하는 부지런한 사람들 사이로 쌀쌀한 기분에 외투를 추스르며 지나가면 귀에 꽂힌 이어폰에서 흘러나오는 노랫소리가 유난히 잘 들리곤 했다. 도로에 달리는 차가 많지 않은 그 시간엔 소리의 공백이 존재했기 때문이다. 그때 자주 들었던 음악에서는 벚꽃이 휘날리고 있었지만 나의 새벽은 아주 고요했고 오직 내가 선택한 음악만이 공백을 채웠다.

피곤하다 못해 정신이 몽롱하기까지 했던 그 시간은 역설적이게도 나를 버티게 하는 시간이었다. 매일같이 그 시간이 가장 기다려졌다. 단순히 아르바이트를 마쳤다는 후련함, 기숙사로 돌아가 몸을 뉘일 수 있다는 기쁨 같은 것은 아니었다. 물론 배제할 순 없는 그 기분들 사이로 어떤 감정이 불쑥불쑥 고개를 들었다. 선명한 귓가의 음악을 들으며 순환버스 창밖을 바라보고 있노라면 조금은 슬프기도 하고, 그보다 더 조금은 서럽기도 하고, 그보다 훨씬 더 조금은 잃고 싶지 않기도 한 마음이 거기 있었다. 그 감정은 마치 내가 오늘 하루도 잘 버텨낸 것에 대한 증명처럼 느껴졌다. 오늘도 날 괴롭히는 손님이 있었지만, 너무 졸려서 곧바로 잠에 빠져들고 싶기도 하지만, 어찌 됐든 무사히 하루를 마친 것이다. 기특하게도.

그 감정을 지금은 이름 붙여 말할 수 있다. 새벽의 순간들마다 나는 외로움을 느꼈구나. 쌀쌀한 공기, 하루를 시작하는 사람들, 고요한 공백 사이에서 외로움을 느꼈었구나. 하지만 감정의 정체를 뒤늦게 알게 됐다고 해서 그때의 나에 대해 연민이 느껴지진 않았다. 그 감정을 증거 삼아 버텼기 때문이다. 어쩌면 더 외로움에 사무치길 스스로 바랐었는지도 모른다. 외로울수록, 새벽이 사무칠수록 생각했을 것이다. 잘하고 있구나, 잘 버티고 있구나.

해가 어느 방향에 있는지만 빼고 선선해지기 시작한 저녁의 퇴근길은 그때와 대부분이 비슷하다. 쌀쌀한 공기, 한 겹의 필터를 끼운 듯한 푸른 배경, 하루를 열심히 살아낸 뒤 몸을 뉠 곳으로 돌아간다는 것. 그래서 그 시간만 되면 한없이 외로워지는 것이다. 몸이 기억해버린 것들이 감정을 일깨웠다. 퇴근길 버스 안은 피곤으로 가득 차 이상하리만치 고요할 때가 있다. 특히나 일터에서 시간을 보낸 사이 어느덧 해가 져버린 선선한 저녁엔 더 그럴 때가 많다. 나뿐만 아니라 버스에 오른 많은 이들이 조명처럼 빛나는 도로의 불빛을 바라보며 각자의 지난 삶을 떠올리고 있을까. 그래서 이런 고요가 좌석을 차지하고 앉아 있는 걸까.

그 순간엔 귓가에 꽂힌 이어폰에서 들려오는 노랫소리가, 특히 그 가사들이 아주 선명하게 들려온다. 새벽의 고요 속에서 그랬던 것처럼. 외로워서 그 가사들이나마 붙잡고 싶은 것인지도 모른다. 이토록 꽤 오랜 시간이 지나고, 나는 지금 혼자가 아니며, 사실 그 새벽에도 혼자가 아니었음을 잘 알게 되었는데도 불구하고. 외로움은 내가 필요로 했던 존재의 증명일 뿐이며 나는 단 한 순간도 혼자 살아낸 적이 없음을 깨달은지가 오래인데도 불구하고. 어김없이 그 시간, 그 온도, 그 향기, 그 분위기에 외로워지는 나는 속절없이 흔들리는 마음을 바라보며 생각하곤 한다. 어찌 되었든 지금도 이 감정이 싫진 않구나. 앞으로 영영 이렇게 의미 없이 외로워져도 괜찮을 것 같다. 천진한 아이들이 이상하다며 웃음을 터뜨릴 얘깃거리로도 오래오래 써먹을 수 있을 테니.

가난의 객관화

어떤 방식으로 이 글을 시작하면 좋을까. 가난을 써야 할 때마다 손끝은 어느 자음이나 모음으로 꽂히지를 못하고 어설프게 타자기 위를 맴돈다. 조금이라도 감정에 치우치면 언젠가 내 가슴에 박혔던 누군가의 말처럼 감성팔이가 될 수 있다. 그렇다고 이성적인 문장을 나열하자니 진실되지 못하다. 과장 없이 사실만을 묘사하면 할수록 더더욱 연민을 빼놓고 쓸 순 없다. 하지만 내 글 속에 나타난 존재들이 불쌍하게 보이진 않았으면 좋겠다. 동정을 사기 위해 직면하는 기억이 아니다. 얼굴 모르는 동지, 비슷한 상황을 겪은 동질감으로 함께 세상과 싸워볼 누군가를 찾기 위해서도 아니다. 무엇이라 설명하면 좋을까. 금전적인 환경의 부족함이란 막상 겪고 있는 사람들에겐 가끔 찾아오는 객관화의 상황을 제외하곤 그저 흘러가는 하루 중 하나일 뿐이란 걸, 그러니 그저 내 삶의 일부분으로써 이 글을 쓸 뿐이란 걸 어떻게 설명하면 좋을지 고민스럽다. 물론 굳이 설명하지 않아도 고개를 끄덕이는 사람들이 있을 테다.

중요한 것은 '가끔 찾아오는 객관화의 상황'이라는 것이 당사자에게 있어 매우 유의미한 결과를 가져온다는 데 있다. 얼마나 의미 있냐 하면 한 번이라도 그런 상황을 겪은 뒤엔 인생을 대하는 자세와 시선이 달라지게 된다. 내가 가난을 처음 깨달은 대학교 새내기 시절부터 과한 몸짓으로 발버둥 치며 살아가기 시작했던 것과 같이. 어째서 그때부터였는지 의문이 생길 수도 있다. 물론 내가 체감하지 못했을 뿐, 우리 집은 진작에 가난에 허덕이고 있었을 것이다. 아주 어렸을 때부터 "조금만 더 도와달라."는 말을 하며 울먹거리던 엄마의 목소리를 벽 너머로 들었고, 그것은 씻을 수 없는 상처가 되었지만 들어서 아는 것과 직접 경험하는 것은 달랐다. 일주일에 한 번씩 친구와 돈을 모아 치킨을 사 먹는 것이 돈 쓸 일의 전부였던 고등학생일 때와는 달리, 시작부터 끝까지 모든 일상에 값을 지불해야만 했던 대학 생활은 자연스럽게 '가난한 나'를 마주치게 했다.

대학 교재를 사는 일, 친구를 사귀기 위해 다 함께 카페를 가는 일, 성인이 된 것을 기념해 술을 한 잔 마시는 일, 그런 일들에 모두 돈이 필요했다. 그런데 일하지 않고는 돈이 나올 구멍이 없었다. '일하지 않고는 돈이 생기지 않는다.'는 명제는 어찌 보면 상당히 단순하고 당연한 것이지만 그때의 나는 어리둥절했다. 다른 친구들은 모두 일하지 않고도 돈이 있었던 것이다. 등록금이나 기숙사비 같은 것들은 당연하게 그들의 영역이 아니라 부모의 영역이었고, 대학교 새내기로서 응당 즐겨야 하는 시간에 필요한 비용 역시 이미 용돈의 형태로 손에 쥐어져 있었다. 아, 용돈이 필요하다는 말을 하질 않았구나, 하는 생각이 들어 엄마에게 전화를 걸었고 나에겐 '부모의 영역'이 존재하지 않는다는 사실을 깨달았을 때, 나는 가난과 직면하게 되었다. 그 최초의 직면에선 충격보다 조급함이 앞섰던 것 같다. 아르바이트를 지금이라도 시작하면 한 달 뒤에야 월급이 나오는데, 그동안엔 돈 없이 어떻게 지내야 하나. 진작에 시작해야 됐을 것을 바보같이 이제야 깨달았다니. 순식간에 아무것도 모르는 시골 소녀에서 월급 가불을 부탁하는 뻔뻔스러운 불안 덩어리로 변해갔다.

어떤 말이든 반복하면 잔소리가 되기 쉬운 것처럼 현실을 깨달았으니 더 이상의 자각은 생채기만 낼 뿐이었다. 그래서 또다시 가난을 객관화하게 되는 상황이 오지 않길 바라며 많은 것들을 향해 발길질했다. 그때 차여나간 것들, 예를 들면 하고 싶었던 일, 대학생다운 꿈, 그리고 천진하게 다가왔던 사람들에게 미안하다. 그것을 피해의식이라고 부르기도 한다는 것을 이제는 안다. 결코 좋은 방법일 순 없지만 그런 식으로 스스로를 방어하는 것이 내 경우엔 힘든 시절을 이겨내는 데에는 꽤 효과적이었다. 그 결과 모두들 나를 열심히 사는 애, 라고 묘사했지 가난한 애,

라고 설명하진 않았다. 그들의 속내를 알 순 없는 일이지만 그렇게 믿고 싶다.

　그 시절이 지난 끝에 나는 평범한 직장인이 되었다. 비로소 삶이 남들과 비슷하게라도 정상 궤도에 올랐고, 먹고 사는 과정이 특별할 것 없어지자 스스로의 피해 의식을 인정하고 싶어졌다. 인정함으로써 털어내고 싶어졌다. 털어내고 내가 버텨낸 시절의 결과인 앞으로의 삶을 마음껏 즐기고 싶어졌다. 먹고 사는 것이 특별할 것 없다, 그렇다, 그것이 내가 그토록 스스로를 방어해가며 버텨낸 시절의 결과였다. 한동안은 삶이 이토록 평안해도 되는가, 여덟 시간 일하고 난 뒤 남는 시간이 정말로 온전히 내 것이어도 되는가, 고민하게 될지도 몰랐다. 공부를 하거나 아르바이트를 가거나 다음 아르바이트를 가거나 또 다음 아르바이트를 가야 했던 시절에 비하면 낙원이 따로 없을 것이다. 그래서 최종 합격 후 임용을 위한 서류를 준비할 때는 무척이나 마음이 들떴다. 이제 걱정할 것이 아무것도 없었다.

　세월이 어찌나 좋아졌던지 모든 것이 전자화되어 컴퓨터만 있으면 필요한 내용을 확인할 수 있었다. 서류엔 구체적인 학력 사항을 기재해야 했다. 초, 중, 고등학교를 몇 년도 몇 월에 입학하고 졸업했는지가 필요했다. 다녔던 학교에 전화를 걸었다가, 생활

기록부를 인터넷으로 열람할 수 있는 서비스가 있으니 이용해보라는 답변을 받았다. 그런 게 다 있나요, 하며 접속한 서비스에서는 정말로 내 지난 생활기록부를 모두 확인할 수 있었다. 본인 인증을 거쳐 졸업한 학교를 검색해 넣으면 전자문서화된 생활기록부의 확인이 가능했다. 아주 낯선, 머리를 하나로 묶고 검은 뿔테 안경을 꼈으며 이마에 잔뜩 솟은 여드름을 가릴 요령도 부리지 않았던 천진한 소녀가 그곳에 있었다. 나는 저런 모습이었지, 하는 감상에 젖어 잠시 서류를 작성하는 일도 잊어버렸다.

생활기록부 속의 나는 내가 아닌 것처럼 느껴졌다. 그곳엔 내가 기억하지 못하는 내 모습이 아주 자세히 적혀 있었다. 도서관에서 봉사활동을 했었다고? 지금 바로 그 도서관에서 근무 중인데도 전혀 기억나지 않는 부분이다. 건방지게 셰익스피어를 읽었다고? 내용은커녕 읽었다는 사실조차 기억나지 않았다. 반면 사람은 쉽게 변하지 않는 모양이구나, 생각이 드는 부분도 있었다. '조용함', '글쓰기를 좋아함', '속으로 삭이는 성격' 등은 지금의 내 모습과 같았다. 특히 고등학교 이 학년 때 담임선생님의 기록은 다른 학년에 비해 월등히 길었다. '행동특성 및 종합의견'의 일, 삼 학년 칸에는 한두 줄 적혀 있을 뿐이었는데, 이 학년 칸엔 열다섯 줄에 달하는 긴 내용이 적혀 있었다.

> 조용하기 때문에 사교관계가 그다지 폭넓진 못하지만, 모
> 든 사람들을 진심으로 대하고 친절하게 상대함, 다른 사
> 람의 말과 고민에 대해 귀를 기울여주고 진심으로 내 일
> 인 것처럼 걱정하기도 함.

지금도 못 하는 일을 고등학생 때 해냈었을 줄이야. 내용은 계
속 이어졌다.

> 비록 조용한 성격 때문에 많은 일에 앞장서진 못하지만
> 만약 어떤 일이 주어진다면 최선을 다해 그 일을 해냄.

이렇게까지 좋은 말들이 이어지자 어쩌면 내가 실제로 그랬던
것이 아니라 그저 작성자인 그녀가 따뜻한 마음의 소유자였던 것
인지도 모르겠다는 생각이 들었다. 그러나 건성이 아니라 세심하
게 관찰하려 노력하는 선생님이라는 것은 분명한 것 같았다. 열다
섯 줄 중에 이런 말이 적혀 있었기 때문이다.

> 가정형편의 어려움으로 인해 약간의 의기소침한 부분이
> 생길까 걱정됨.

나도 알지 못했던 그때의 가난이 그곳에 적혀 있었다. 그녀는 어떻게 우리 집 형편을 알 수 있었을까. 어쩌면 모두가 알고 있었던 걸까. 이렇게 박제되어 있었다니, 발버둥 치던 내가 더욱 분명하게 우스워졌다.

우연처럼, 아니 이미 적혀 있었으니 필연적이라고 해야 할 수도. 어쨌든 그렇게 경험한 두 번째 객관화는 체념과 적당히 버무린 여유를 가져다주었다. 덕분에 별다른 시행착오 없이 곧바로 성공할 수 있었다. 피해 의식을 인정하는 일, 털어내는 일, 안정을 받아들이는 일. 성실히 하루하루를 지내기만 하면 예외 없이 월급이 들어올 것이라는 사실을 자각했을 때, 나는 스스로가 안정에 적응하지 못해 불안해하는 날이 길어질 줄 알았다. 심지어 그동안 삶을 버티는 데 원동력으로 삼았던 열심히 사는 청춘이라는 틀을 벗어나면 나 자신이 없어질 것 같기도 했다. 이제 버려낼 일이 별로 없는데 무엇을 목적으로 열심히 살아야 할까, 그러고 보니 서러울 일이 별로 없어졌는데 어떤 감정을 글로 써야 할까, 같은. 하지만 안정적인 일상을 받아들이는 일이란 예상과는 다르게 아주 쉬웠다. 그다지 무섭지 않았던 것이다. 안정의 객관화란 존재하더라도 기껏해야 무기력, 과연 그 이상의 영향을 가져올 수 있을까. 굳이 설명하지 않아도 고개를 끄덕이는 사람들이 있을 테다. 이것 또한.

개화와 직면한다는 것

"잠깐. 미리 얘기할게요. 제 얼굴이 터질 것처럼 빨개져도 놀라지 마세요."

경험상 미리 선언하는 것이 좀 더 나았다.

"취한 게 절대 아니에요."

나도 모르는 사이 얼굴이 빨개지는 것일 뿐 취한 게 아니니 걱정하지 말라는 의미였다. 지금은 술을 즐겨 마시지 않지만, 한때 자학과 비슷한 음주를 즐기던 대학생 시절이 있었으므로 그것이 날 어떻게 만드는지는 잘 알고 있었다. 술이 한 잔을 넘어 두 잔 정도 들어가면 얼굴에 열이 올랐다. 피어오르기 시작한 열꽃은 아래로 점점 뿌리를 내려 온몸이 빨개지는 지경에 이르렀다. 그 붉은 개화의 과정이 많은 이들에게 걱정을 끼치므로 낯선 사람들이 끼어 있는 자리에선 되도록 술을 거절했다. 하지만 사회 생활을 하다 보면 어쩔 수 없이 마셔야 하는 경우가 있는 것이다. 그럴 때마다 예고 아닌 예고를 하며 실제로 빨개진 얼굴을 본 상대방이 "진짜네요!" 하며 웃어넘기게 만드는 요령을 피우게 되었다. 그러면 대화는 대부분 알코올을 분해하는 효소가 어떻니, 그걸 갖고 있지 않은 사람들은 저떻니, 하는 이야기로 흘러가곤 했다.

그러나 내 얼굴이 자주 빨개지는 건 결핍된 알코올 분해 효소 때문만은 아닌 것이 분명했다. 음주의 순간이 아닐 때도 나는 종종 느낌으로 알 수 있었다. 얼굴에 찡- 하고 열이 오르는 느낌을 받으면 거울로 확인하지 않아도 분명히 느껴졌다. 아, 내 얼굴이 또 빨개지고 있구나. 음주의 경우와는 또 다른 개화의 순간은 당황하거나, 덜컥 겁을 먹거나, 부끄럽거나, 심지어 뿌듯한 순간에도 시시때때로 찾아왔다. 붉게 꽃이 핀 내 얼굴은 감정을 대변해주어 순간순간을 극적으로 만들기도, 스스로를 곤란하게 만들기도 했다. 사람들은 개화한 꽃을 사랑스럽게 보거나 안쓰럽게 보거나 신경질적으로 보거나 했다. 그건 모두 어쩔 수 없는 일이었다. 아무리 노력해 봐도 꽃이 피는 그 일을 내 힘으로 막을 수 없었기 때문이다.

시간은 나를 전보단 뻔뻔한 사람으로 만들어주었고 덕분에 꽃이 피는 일이 현저히 줄어들었다. 몇 달 전까진 그랬다. 드디어 내가 나를 컨트롤 할 수 있게 된 걸까, 좀 자랐네, 하는 우쭐한 생각이 들기도 했다. 그런데 내 얼굴에 핀 꽃이 어느 순간부터 아예 사라지지 않는다는 느낌을 받기 시작했다. 이번 개화의 과정은 조금 남달랐다. 앞서 말했듯 찡- 하는 느낌이 들 만큼 순간적으로 열이 확 오르는 것이 그동안의 개화였다면, 이번에는 들키기 싫다는 듯 아주 조금씩 열이 올랐다. 드문드문 느껴지기도 했지만 의식할 만한 것은 아니었다. 그러나 비로소 만개한 꽃을 발견해버린 뒤론 외면하곤 살 수 없게 되어 버렸다. 곰곰이 생각해보니 개화의 시작은 내가 글을 쓰기 시작한 것과 시기를 같이 했다.

> 엄마, 이런 글들 연재할 건데 괜찮나?

엄마의 병에 대해 들은 뒤 강렬한 고통의 시간을 지나 글쓰기를 시작했다. 꽉 막혀 소화되지 않는 후회의 기억들을 하나씩 토해내 천천히 직면해갔다. 그 기억들에 등장하는 엄마의 모습은 대부분 불쌍하고 안쓰러웠다. 내 의도가 어떻든 많은 이들이 그렇게 생각했다.

> 잘 썼다. 다음 편이 궁금.

다음 편이 궁금하다는 엄마가 그 뒤로도 내 글을 챙겨보고 있는지는 굳이 알려고 하지 않았다. 처음 엄마와의 기억을 되돌아보는 것으로 시작된 내 글은 곧 나 자신에 대한 기억으로 이어졌다. 엄마뿐만 아니라 다른 가까운 사람들에게도 한 번도 말한 적 없는 일들이었다. 글을 쓰는 과정은 말 그대로 지난 삶을 돌아보는 과정의 연속이었다. 그동안 이런 성찰의 시간을 가진 적은 없었다. 오히려 마음에 걸리거나 상처받은 일들은 떠올리려 하지 않고 잊기에 급급했다. 오죽하면 내 마음엔 스위치가 있다고 이야기한 적도 있었다. 싫은 기억이 떠올라 잠 못 들라치면 가슴 어디쯤에 스위치를 그려 넣고 눌러 꺼버리는 것이다. 그런 일을 반복하자 굳이 상상하는 과정을 거치지 않아도 생각을 멈출 수 있게 되었다. 이 비법은 친구들 여럿에게도 전수되었다. 그런 내게 되돌아본다는 것은 처음 해보는 만큼 쉽지 않았지만 놀라운 경험이었다. 아주 잊고 지냈던 일들이 꼬리에 꼬리를 물고 어제 일처럼 생생하게 기억나면서 그때의 감정이 되살아나 소름이 돋았다. 이런 일도 있었구나, 하는 마음이 들어 나 역시 내 기억의 독자가 되었다. 엄마와 나, 그리고 온전한 나를 직면하면서 마음의 고통을 극복해보고자 시작한 일이 마침내는 스스로를 발견하는 것으로 이어졌다.

그렇게 개화가 시작되었다. 나는 나를 발견하면서 자주 부끄러워졌다. 덜컥 겁이 나기도 했다. 문득 당황스럽기도 했으며, 갑자기 벅차올라 울고 싶어지기도 했다. 글을 쓰는 순간에도, 글을 쓰기 위해 생각에 잠긴 순간에도, 둘 다 아닌 일상의 순간에도 그랬다. 내 글을 읽은 다른 사람이 날 어떻게 생각하게 될까, 하는 걱정은 처음부터 지금까지 한 번도 하지 않았다. 다른 이들을 의식한 글이 아니었기 때문이다. 하지만 나 자신에게는 달랐다. 독자가 된 주연은 등장인물 주연 때문에 울기도 하고 웃기도 하고 수치를 느끼기도 하고 겁에 질리기도 했다.

얼굴에 꽃이 피기 시작한 지 네 달째. 만개한 붉은 꽃은 일상을 나와 함께한다. 며칠 전 직장에서 늘 하던 일을 하는 순간에 문득 깨달아졌다. 내 얼굴이 지금 붉어져 있구나. 종종 이유 없이 느껴졌던 부끄러움과 약간의 심적 고통을 그렇게 설명할 수 있었다. 꽃이 질 기미는 아직 보이지 않는다. 개화를 인식한 뒤론 글 쓰는 일이 쉽지 않다는 고백을 한다. 과거의 나와 현재의 내가 직면한다는 것이 이런 열병을 동반하는 일일 줄은 미처 알지 못했다. 그렇지만 그만둘 수도 없다. 스스로를 발견하는 일이 얼마나 삶을 앞으로 나아가게 하는지도 함께 알게 되었기 때문이다. 그렇다면 이 개화를 성장통이라고 말해도 되는 걸까.

술을 서너 잔 더 들이키면 붉어졌던 얼굴이 창백해지듯, 감정이 해소되면 붉어졌던 얼굴이 돌아오듯 이 개화의 순간도 지나가게 되리라. 담담하게 써 내려가고 담담하게 읽어낼 수 있게 되길. 그 순간이 직면한 내 지난 삶을 진정으로 사랑하게 되는 순간일 것이라는 예감이 든다.

04 개화와 직면한다는 것

형편없는 유서를 쓰게 되더라도

선선한 가을날 발밑에서 바스러지는 낙엽의 소리를 들으며 죽음에 대해 생각했다. 점심시간 옆 학교에서 급식을 먹고 나오는 길이었다. 함께 일하는 분께서 허리를 굽혀 도토리를 주워들었다. 몰랐던 것이 어색하게 느껴질 만큼 매일 다녔던 그 길 위에 도토리가 소복이 떨어져 있었다. 이것이 묵을 만들 수 있는 도토리냐 아니냐, 더 이상 평범할 수 없는 대화 속에서 예쁘게 생긴 것 몇 개를 골라 손에 쥐었다. 그러는 순간 몰랐던 세계가 열리는 것마냥 호들갑스럽게 가을이 느껴졌다. 도토리가 떨어진 학교 앞 풍경, 천천히 걷는 발밑으로 소리를 내며 부서지는 낙엽들, 고개를 꺾어 한참을 바라보아야 시선이 닿을 것처럼 높아져 있는 하늘. 그렇게나 완전한 가을의 풍경 속에서 죽음에 대해 고민하는 일은 심지어 반드시 그래야만 했던 것처럼 자연스럽게 느껴졌다.

흔한 삶 앓이 속에서 누구나 한 번쯤은 그럴 법하게, 나 역시 죽음에 대한 고민을 한 적이 있었다. 자존감이 망가지는 일이 반복되다 보면 내가 이 세상에서 사라지는 것이 스스로를 위한 유일한 선물인 것처럼 느껴졌고, 자존심이 부서지는 일이 쌓이다 보면 그래, 사라져 줄게, 하는 분노에 이성을 잃곤 했다. 딱히 대상이 있는 것은 아니었지만 나의 장례식이 치러진다면 누구 한 명쯤은 후회하고 슬퍼하다가 꼭 그때의 나만큼만 괴로웠으면 좋겠다고 소망하기도 했다. 하지만 그렇게 상상 자살을 하고 난 뒤에는 반드시 사소한, 살아야 할 이유가 생각보다 빨리 발견됐다. 얼마나 빨랐냐 하면 마음이 죽음으로 곤두박질칠 때는 한참이나 밑으로, 밑으로 내려간 것 같았는데 막상 살아갈 이유를 발견하고서는 한 뼘만 올라서도 내가 원래 숨 쉬던 그 자리임이 뼛속까지 느껴졌다. 깊이라는 것은 방향에 비하면 얼마나 허무해지기 쉬운 과정인지.

반면 시절의 서러움을 해소하기 위한 상상 속의 죽음이 아니라 실제의 죽음에 대해 체감하고 겁을 먹은 적도 있었다. 스트레스가 극에 달했던 어느 날 갑자기 잠을 자려 누우면 심장이 비정상적인 박자로 뛰는 것이 느껴졌다. 이대로 죽는 건가 싶을 만큼 숨이 가빠왔다. 눈을 뜬 채로 들숨과 날숨을 의식적으로 뱉다 보면 안정이 찾아오는 듯하다가, 살풋 잠이 들려고 하자마자 또다시 숨을 헉헉대며 가슴을 움켜쥐어야 했다. 결국엔 뜬눈으로 밤을 지새운 뒤 시계가 아홉 시를 가리키자마자 가까운 종합병원에 가서 증상을 호소했다. 뭐라 설명해야 할지 몰라 심장이 너무 빨리 뛰

고요, 숨이 잘 쉬어지지 않아요, 했더니 의사는 폐 기능 검사, 혈액 검사, 심전도 검사를 받고 오라 일렀다. 부정맥이 좀 있네요. 아무렇지 않은 투로 진단이 내려짐과 동시에 나는 공포에 질렸다. 잠시 잊고 지냈던 나의 유병자 신세가 생각났던 것이다.

처음 직장에 합격하고 건강검진을 받을 당시, 이대로는 임신을 해도 기형아를 낳아요, 했던 의사의 격앙된 목소리가 되살아났다. 나는 유전인자에 의해 임신을 해도 기형아를 낳을 만큼 기름진 혈액을 갖고 있다고 했다. 이 나이에 이럴 리가 없는데, 이 체격에 이럴 리가 없는데, 하던 의사는 재검을 거쳐도 똑같은 결과가 나오자 저런 극단적인 표현을 했다. 내 배 속에서 태어날 아이를 한번도 상상해 본 적이 없는데도, 그 아이의 어딘가 기형일 것이라는 장담은 너무나 공포스러웠다. 약을 꾸준히 먹으면 수치가 정상화될 수 있다는 말은 후에 다른 내과에서 진료를 받고 나서야 들을 수 있었다. 어쨌건 그런 나의 기름진 혈액이 상기되면서 '부정맥이 조금 있다'는 진단은 걷잡을 수 없이 몸집이 커져 갔다. 어쩐지 숨이 더 안 쉬어지는 것 같았고 지금 당장이라도 기름이 뭉쳐 심장으로 가는 혈관을 막아 버릴 것만 같았다. 그 후로 약 한 달간, 대형병원에서 심장 초음파와 시티 촬영 등 할 수 있는 모든 검사를 받고 허무하게도 아무런 이상이 없다는 일 분짜리 진료를 받을 때까지, 나는 살이 오 킬로그램이 넘게 빠지고 시도 때도 없이 숨을 쉬기가 어려워지는 공황 증세를 겪었다. 그럴 때마다 공포에 질리고, 공포에 질려 또다시 숨을 못 쉬는 악순환이 반복되었다. 나는 정말 죽음을 두려워하는구나, 현실로 다가온 죽음에 대한 공포 앞에서는 이미 여러 번 맞닥뜨렸던 상상 속 죽음이 너무나도 창피해져 쥐구멍에 숨고 싶었다. 대부분의 증세는 '아무런 이상이 없다'는 진단을 받자마자 꿈이라도 꾼 것처럼 사라졌다.

하지만 가을 하늘 아래서 도토리를 손에 쥐고 고민했던 죽음은 상상 속에서 반복했던 그것이나 현실감 넘쳤던 이것이 아니었다. 그때의 나는 글을 쓰고 싶다는 욕구도, 글 쓸 일도 없어진 지가 꽤 오랜 시간이 흘러있었다. 그동안 주로 부정적인 감정의 분출을 위해 글을 써왔기 때문에 직장을 갖게 되고 생활의 안정이 찾아오니 글을 쓰고 싶다는 마음이 들지 않았던 것이다. 이런 사실을 자각할 때마다 글동무들에게 이런 말을 했다. 행복할 땐 어떤 글을 쓰는 건지 잘 모르겠어. 운명은 탄식처럼 중얼거렸던 그 고민에 얄궂은 해결책을 주었다. 다시 글이라도 써야 제정신이 될 것 같은 상황이 찾아왔던 것이다. 엄마가 암에 걸렸고 마음과 생활의 평화는 원래 내 것이 아니었던 것처럼 부서졌다. 그리곤 공격하기라도 하는 듯 밀려오는 기억들에 굴복하지 않기 위해 나는 직면하는 것을 선택했다. 그 직면이라는 것이 감당하기 쉬울 리 없었으므로 이야기를 들어줄 사람들이 필요했다. 주로 나를 아는 사람들이 귀를 기울여주었지만 때로는 내가 주연이라는 것을 모르는 이들이 간절했다. 그런 이유로 나는 어느 독서 모임을 찾아냈다.

서로의 나이와 학벌, 직업 등을 밝히지 않고 오로지 존재에 집중하여 이야기를 나누는 그 모임은 여러 가지 주제를 갖고 있었다. 맥주를 마시며 함께 영화를 보는 그룹, 책을 읽고 행동으로 실천하기 위해 모인 그룹, 특정한 주제의 독서를 하고 이야기를 나누는 그룹 등. 그중에서 내가 선택했던 것은 익명의 글쓰기 그룹이었다. 바이러스가 사람들의 얼굴마저 가려버린 시기였기 때문에 사람들은 나이와 직업뿐만 아니라 서로의 얼굴도 모른 채로, 눈빛만 주고받으며 써온 글에 대해 이야기 하고 새로운 글을 함께 썼다. 아무도 나를 모른다는 익명성은 글을 쓰는 나와 글 속의 나를 자유롭게 했다. 그 자유는 일단 부끄러움을 한 꺼풀 벗겨주었으므로 자랑스러울 것 하나 없는 기억 속의 스스로와 직면하는 데에 큰 도움이 되었다. 써 내려가는 글의 주제는 매번 달랐는데, 어느 날 멤버 중 한 명이 제안한 아주 실험적인 주제 덕분에 가을 하늘 아래서 죽음을 고민하게 되었던 것이다. 바로 '유서 쓰기'였다.

유서 쓰기라, 처음 주제를 듣고 한번 해보자며 거들었을 때만 해도 쓰는 일이 크게 어렵지 않을 줄 알았다. 시작하기 전의 막막함이야 어느 글을 쓰든 마찬가지였으므로. 문장 하나에서 시작하는 글쓰기의 경험을 종종 겪어왔던 나는 이번에도 마음을 이끄는 한 줄의 문장을 엮어볼 요량으로 가을을 느끼며 서 있었다. 그러다 문득, 문장은커녕 자음 하나 떠오르지 않았는데 결말부터 생각이 났다. 그냥 언젠가 내가 죽는다면 가을이 좋겠다는 생각이 들었다. 누군가 내 죽음을 슬퍼하며 하늘을 올려다본다면 꼭 이만큼 높은 하늘이었으면 좋겠고, 낙엽이 바스러지는 소리가 효과음이라면 좋겠고, 덥지도, 춥지도 않아 자신의 마음에만 충실할 수 있었으면 좋겠다는 게 이유였다. 물론 죽음 앞에서 내가 선택할 수 있는 것이라곤 아무것도 없을 테지만. 계속해서 감상이 이어지는 것과는 별개로 가을 하늘 아래선 결국 어느 문장 하나 건져 내질 못했다. 죽음을 앞둔 나는 지난 삶에 대해 꽤 절절한 말들을 쏟아낼 수 있을 줄 알았는데 어떤 말을 써야 좋을지 떠오르는 것이 하나도 없었다. 남은 이들에게 당부의 말을 남기자니, 당부가 필요한 상황에선 스스로 극복하는 것 외엔 아무 소용이 없다는 사실을 잘 알기에 쓸데없겠다는 확신이 들었다. 고마웠다는 말을 남기자니, 대답할 기회를 주지 않는 일방적인 인사란 무례하다는 생각이 들어 관두었다. 연수에 비해 할 말이 많은 삶을 산 줄 알았는데 죽음을 앞뒀다 생각하고 뒤돌아보니 그저 '살아온 것', 그 이상도,

에필로그

이하도 아니었다. 울고불고 아등바등했던 것들은 그저 하나의 장면이 되었을 뿐 분명하게 남아 있는 것은 그 시간들을 지나 죽음을 앞둔 나 자신이 전부였다. 허무할 정도로.

한때 이상할 만큼 어느 시인을 사랑했던 적이 있다. 사랑을 잃었던 어느 날 우연히 〈빈집〉을 읽은 뒤 반하다시피 짝사랑이 시작됐다. 노인에 대한 이입과 청춘을 향한 자조가 나와 닮았다 생각했다. 또한 자신을 가감 없이 바라보고, 탓하기보단 체념을 택한 용기가 견딜 수 없이 멋있었다. 난데없이 그 시인이 생각난 것은 그가 죽음에 대해 미리 고민했었음이 분명하다는 생각이 들었기 때문이다. 시인은 청춘을 세워 두고 살아온 날들을 세어보았더니 그간 세웠던 많은 공장과 적어 내려간 기록들이 실은 어리석은 것이었다고 말했다. 죽음 앞에서 고민해보니 사실 그랬다. 세상에서 가장 중요한 것인 줄 알았던 대부분과 내가 적어 내려간 많은 일을 두려워한 이는 나 자신밖에 없었다. 그래서 직면하는 것 또한 스스로 하는 일이어야만 했다. 오래전부터 가슴에 박혀 있었던 시가 죽음 앞에서 남길 단 한마디도 써내지 못하는 나를 위로해주었다. 어리석게도 그토록 기록할 것이 많았구나. 나는 죽고 싶지 않아서, 아무도 죽지 않으면 좋겠어서 이토록 많은 것을 기록하고야 말았구나. 사실은 내가 써 온 이 글은 살고자 하는 발버둥이었을지 모른다. 내가 살고, 엄마를 살리고, 혹시라도 글을 읽고 눈물을 흘렸을 당신을 살리고. 가능하다면 모두가 살았으면 좋겠다. 지금 이토록 많은 기록을 하여 언젠가 찾아올 진짜 죽음 앞에서 형편없는 유서를 쓰게 되더라도.

딸의 기억

1판 1쇄 펴낸날 2021년 10월 12일

지은이 류주연

책만듦이 김미정 책꾸밈이 이민현

펴낸곳 채륜서 펴낸이 서채윤
신고 2011년 9월 5일(제2011-43호)
주소 서울시 광진구 자양로 214, 2층(구의동)
대표전화 1811.1488 팩스 02.6442.9442
E-mail book@chaeryun.com Homepage www.chaeryun.com

책값은 뒤표지에 있습니다.
ISBN 979-11-85401-64-5 03810

함께 꿈을 펼치실 작가님을 찾습니다.
소중한 원고를 보내주시면 특별한 책으로 만들겠습니다.

채륜(인문·사회), 채륜서(문학), 띠움(과학·예술)은 함께 자라는 나무입니다.
물과 햇빛이 되어주시면 편하게 쉴 수 있는 그늘을 만들어 드리겠습니다.